D1592830

CUENTOS TIBETANOS DEL KARMA

**El príncipe
y las historias
del cadáver**

Recopilados por Tenzin Wangmo

CUENTOS TIBETANOS DEL KARMA

El príncipe
y las historias
del cadáver

EDICIONES OBELISCO

Si este libro le ha interesado y desea que le mantengamos informado
de nuestras publicaciones, escríbanos indicándonos qué temas son de su interés
(Astrología, Autoayuda, Ciencias Ocultas, Artes Marciales, Naturismo,
Espiritualidad, Tradición…) y gustosamente le complaceremos.

Puede consultar nuestro catálogo en www.edicionesobelisco.com

Colección Espiritualidad y Vida interior
CUENTOS TIBETANOS DEL KARMA
Recopilados por Tenzin Wangmo

1.ª edición: abril de 2018

Título original: *Les contes tibétains du karma*

Traducción: *Pilar Guerrero*
Corrección: *M.ª Jesús Rodríguez*
Diseño de cubierta: *Enrique Iborra*

© 2012, Infolio éditions, CH - www.infolio.ch
(Reservados todos los derechos)
© 2018, Ediciones Obelisco, S.L.
(Reservados los derechos para la presente edición)

Edita: Ediciones Obelisco, S.L.
Collita, 23-25 Pol. Ind. Molí de la Bastida
08191 Rubí - Barcelona
Tel. 93 309 85 25 - Fax 93 309 85 23
E-mail: info@edicionesobelisco.com

ISBN: 978-84-9111-327-0
Depósito legal: B- 5.846-2018

Printed in Spain

Impreso en los talleres gráficos de Romanyà/Valls S.A.
Verdaguer, 1 - 08786 Capellades (Barcelona)

«Perteneccs a la generación de tibetanos que han crecido en el exilio. Deberías interesarte en la espiritualidad, la cultura, y la historia tibetana e ir a buscar el conocimiento de los ancestros».

S. S. 14.º Dalái Lama, Lausana, agosto de 2009

Agradecimientos

Tengo la suerte de tener un padre que conoce los cuentos de su país. A petición mía, grabó algunos de ellos y me contó otros de viva voz. Mi padre es una memoria viviente del antiguo Tíbet y una gran fuente de inspiración en mi vida. Siento mucho amor y respeto por él.

Sin mi marido, Claudio, me habría sido muy difícil echar raíces en Suiza, lo cual era una condición importante para la escritura de estos cuentos. Le agradezco todo su amor.

Mil gracias a mis amigos, Jean-Claude y Marie-Paule Perreard, que apoyan la causa del Tíbet desde hace muchos años mediante, entre otras, la asociación francesa «Objectif Tibet». Su amistad fiel y sus ánimos desde el inicio de mi tarea en la redacción de esta obra me han ayudado sobremanera.

Agradezco enormemente a Hélène Aubry-Denton que, tras una breve y eficaz sesión de coaching, me ayudase a tomar consciencia de un importante bloqueo durante la redacción de los cuentos. En efecto, me resultaba muy desagradable pensar que estaba traicionando la tradición oral de mi país.

Todo mi agradecimiento a Christian Pennel, miembro de Objectif Tibet, que también me animó y ayudó a transformar técnicamente el inicio de los cuentos en un texto escrito.

Me gustaría expresar un profundo agradecimiento a Sylvette Divizia-Bayol y a Fabienne Vaslet que tuvieron la gentileza y la paciencia de releer y corregir mis textos. Su entusiasmo y sus observaciones me inspiraron considerablemente.

Quiero demostrar todo mi reconocimiento a mi amigo Michel Tardy, que ha creído siempre en mí y me ha apoyado enormemente en la publicación de esta obra.

Y finalmente, quiero dar las gracias a mi público por su entusiasmo cada vez que he tenido la oportunidad de contar parte de estos cuentos. Ello me animó lo suficiente como para avanzar en la redacción de estos textos.

También agradezco al Museo del Tíbet por su acogida y por poner a mi disposición la foto de la cubierta. Y, *last but nor least,* gracias a mi editor, que rápidamente creyó en mi proyecto, sin el cual este libro nunca habría visto la luz.

Prefacio

Desde tiempos inmemoriales y en todas las culturas, los cuentos didácticos han contribuido a la transmisión de los valores fundamentales propios que transmitiendo ideas profundas sirven para inspirar a las personas más sencillas. A través de una narración cautivadora, esos cuentos proporcionan puntos de referencia que ayudan a comportarse mejor en la vida y a relacionarse armoniosamente con los demás.

Es el caso de los «Cuentos del cadáver» (*Vetalapañcavimsati* en sánscrito), cuya tradición se remonta a la antigua India y que se convirtieron en populares en el seno de la cultura budista tibetana, así como en muchas otras culturas asiáticas.

Existen numerosas variantes de estos cuentos, que suelen ser siempre veinticinco. En esencia, el héroe debe llevar de vuelta a su país a un cadáver dotado de poderes mágicos y, para conseguirlo, no puede decirle ni una palabra al muerto. Pero éste es muy listo y, durante el largo viaje, va explicando historias fascinantes al héroe que lo lleva cargado a la espalda. Éste, cautivado por las historias, acaba por soltar algún comentario. ¡Zasca! A la que el héroe abre la boca, el muerto desaparece. Y le toca volver a la India a buscarlo de nuevo. El príncipe no aprende muchas lecciones de sus desventuras, que

11

se repiten viaje tras viaje, cuento a cuento. Pero todo acaba bien, como deben acabar las cosas.

Existen diversas versiones sánscritas del *Vetalapañcavimsati,* que fue compilado por escrito en el siglo XI por Somadeva, a partir de versiones orales más antiguas. La introducción de los *Cuentos del cadáver* en el Tíbet se atribuye al indio Atisha, en el siglo XI. Estos cuentos también fueron traducidos al mogol, kalmuk y otras lenguas asiáticas. En el siglo XX, las diversas versiones escritas se han ido traduciendo a diferentes lenguas occidentales.

Las versiones tibetanas suelen transmitir los valores propios del budismo, particularmente los del karma, o ley de causa y efecto relacionada con los mecanismos de la felicidad y el sufrimiento. El budismo puede ser considerado como una vía de conocimientos que conduce a la liberación del sufrimiento. El «despertar» en el que culmina esta vía es, al mismo tiempo, sabiduría fundamentada en la comprensión justa de la realidad y liberación de las emociones perturbadoras y de los engaños generados por la ignorancia.

El budismo subraya que la vida humana es eminentemente preciosa; el desapego que a veces nos invade no significa que no valga la pena ser vivida, sino que no hemos identificado correctamente lo que le da sentido. «La cuestión no es saber si la vida tiene sentido, sino cómo cada uno de nosotros le da el suyo», dice el Dalái Lama. Eminentemente preciosa, nuestra existencia lo es todavía más si actualizamos nuestro potencial de transformación.

Para poner fin al sufrimiento y conseguir el despertar, así como para conseguir cualquier otro objetivo, no podemos proceder de cualquier manera. Cuando lanzamos una piedra al aire, no nos hemos de sorprender si nos cae en la cabeza. Del mismo modo, cuando actuamos de determinada forma, se produce un efecto. Si queremos deshacernos del sufrimiento, es lógico que tengamos que cumplir ciertos actos y evitar otros. La ley de la causalidad es el fundamento mismo de las enseñanzas de Buda, que declaró:

> Hay que evitar el menor acto nocivo,
> proceder perfectamente para lo bueno
> y dominar correctamente el espíritu:
> ésa es la enseñanza de Buda.

Todos los fenómenos se condicionan mutuamente en un vasto proceso dinámico y creador, nada sucede de forma arbitraria, y la ley de causa y efecto opera ineluctablemente. El karma, que designa a la vez causas y efectos, es un aspecto concreto de la ley de causa y efecto. Es el que determina nuestro lote de alegrías y penas. Dicho de otro modo, sufrimos las consecuencias de nuestro comportamiento pasado, igual que somos arquitectos de nuestro futuro.

Por «actos» hay que entender no sólo el comportamiento físico, sino los pensamientos, que pueden ser positivos, neutros o negativos. Bien y mal no son valores absolutos. Una conducta dada puede ser considerada «buena» o «mala» en función de la intención, altruista o malintencionada, que la sustenta, así como sus consecuencias: la felicidad o el sufrimiento para sí o para los demás. En cada instante de nuestra vida, recolectamos las consecuencias de nuestro pasado y modelamos nuestro futuro a través del pensamiento, la palabra y los actos que llevamos a cabo. Estos últimos son como semillas que, una vez sembradas, producen un fruto sano o uno envenenado, según les corresponda.

En esta hermosa versión de los *Cuentos del príncipe y del cadáver,* Tenzin Wangmo ha sabido recoger de manera viva y atrayente la tradición oral que escuchó de sus padres. Así, contribuye a la conservación de tan fabulosa herencia cultural del Tíbet, una herencia amenazada en nuestros días por la dictadura impuesta en el País de las Nieves.

¿Está la cultura tibetana abocada a la desaparición? Mantengamos la esperanza en nuestro interior inspirándonos en las palabras del gran demócrata gandhiano Jauaprakash Narayan: «El Tíbet no morirá porque el espíritu humano no puede morir».

Matthieu Ricard

Para otras versiones de los cuentos en lengua francesa, véase:

MacDonald, A. W.: *Matériaux pour l'étude de la littérature populaire tibétaine: Édition et traduction de deux manuscrits tibétains des «Histoires du Cadavre».* Presses Universitaires de France, 1967, así como las versiones suplementarias del 1972 y 1990.

Renou, L.: *Contes du Vampire,* Connaissance de l'Orient, Gallimard-Unesco, 1963.

Robin, F. y Klu Rgyal Tshe Ring: *Les contes facétieux du cadavre/Mi ro rtse sgrung.* Langues & Mondes. L'Asiatique, 2005.

Robin, F.: «Les jeux de la sapience et de la censure. Genèse des Contes facétieux du cadavre au Tibet» en *Journal Asiatique,* 294:1, 181-196, 2006.

A mi querida madre Sonam Dolkar,
a mi querido padre Losang Namdol
y a mi venerable maestro el lama Teunsang

I

Introducción

En el Tíbet, de generación en generación, se han ido transmitiendo oralmente cuentos y leyendas de todo tipo, en el seno de la familia o a través de cuentacuentos ambulantes. Teniendo que huir del Tíbet para instalarse en Europa, mis padres perpetuaron esta tradición para nosotros, sus propios hijos, así como para otros doce niños que les confiaron el Dalái Lama y el Gobierno tibetano en el exilio.

En esos momentos, me abandonaba a las imágenes que aparecían en mi cabeza sobre ese país lejano que era el mío y que, sin embargo, no conocía. Esos momentos estaban repletos de maravilla y de magia. Recuerdo la alegría que experimentaba cuando escuchaba esas historias y todos los detalles por los que preguntaba. Los *rodoung* (traducido literalmente del tibetano, esa palabra significa «cuentos del cadáver») me complacían particularmente, hasta el punto de que me entraron ganas de ponerlos por escrito.

Como en *Las mil y una noches*, en estos *rodoung* hay una historia «básica». Ésta describe la vida de un príncipe tibetano y su encuentro con un cadáver muy astuto que le explica un montón de historias interesantes para distraerlo y conseguir que baje la guardia. Existen innumerables variantes de los *rodoung* porque cada cuentacuentos los embellece con su propia imaginación y su creatividad, sin por ello mermar en absoluto el fondo primitivo, que es lo que lleva implícito el mensaje de la tradición budista.

El país de origen de los *rodoung* es la India, país donde los cuentos se fueron labrando un camino hasta el Tíbet, cuando el budismo se fue expandiendo hasta el tejado del mundo. Estos hermosos cuentos del cadáver transmiten los valores más profundos de las enseñanzas de Buda y fueron rápidamente apreciados por todo el país, que tenía por entonces unos 6 millones de habitantes, antes de 1959. Con el tiempo, las referencias propias de la India cedieron su lugar a la realidad tibetana. No obstante, el lugar donde se encontraba el cadáver propiamente dicho, un sitio llamado Silwaytsel, se ha mantenido en todas las versiones en la India. También encontramos a Nagarjuna, gran maestro espiritual indio, que en la versión tibetana se llama Geumpo Lodrup.

Tras la invasión china de 1949 y la ocupación del Tíbet por su potente vecino en 1959, se constituyó un Gobierno tibetano en el exilio, integrando cada vez más bases democráticas en su Constitución. Las comunidades tibetanas se empezaron a organizar en todas partes del mundo. La segunda y la tercera generación de tibetanos, como mis hermanos, hermanas y yo misma, formamos parte de ellas, hemos nacido y crecido siempre en el exilio y cada día que pasamos lejos de nuestro país nos alejamos más de nuestra identidad cultural. Pienso, sobre todo, en la lengua y la escritura tibetanas, que forman parte de la riqueza cultural de este mundo, tanto como nuestros cuentos y leyendas únicas. Esta compilación tan personal representa mi modesta contribución para impedir que estos cuentos caigan definitivamente en el olvido.

Espero que los niños y los jóvenes, y también los adultos, que lean estos cuentos experimenten tanta alegría al irlos descubriendo como la que tuve yo misma, así como todas las generaciones que me precedieron.

¡Tashi delek, con mis mejores deseos!

TENZIN WANGMO
Bottens, 2012

II

La obsesión del príncipe

Érase una vez un joven príncipe tibetano que se llamaba Detcheu Sangpo, «el que saborea el bienestar». El rey y la reina, sus padres, adoraban a su único hijo y estaban muy orgullosos de él. Todos los que tenían la ocasión de conocerlo, caían rendidos ante su encanto. Unos decían: «¡Oh, qué bueno es con los pobres!».

Otros exclamaban: «¡Qué respetuoso es con las personas mayores!».

Otros comentaban: «¡Qué inteligente es! ¡Será un rey magnífico!».

En el reino circulaban las noticias a la velocidad del rayo y no había ni una sola persona que no hubiese oído hablar del príncipe Detcheu Sangpo. Incluso los nómadas tibetanos, en las regiones más alejadas, proclamaban: «¡Qué alegría tener un príncipe así!», «¡Que tenga una larga vida!» y recitaban sin cesar «Om Mani Padme Hum!», el mantra de Avalokitesvara, el buda de la compasión.

Un buen día, el príncipe Detcheu Sangpo supo de la existencia de siete hermanos magos que vivían en la región montañosa más inaccesible del reino. Inmediatamente se despertó su curiosidad y quiso aprender los secretos de los magos. Sus numerosas tentativas para saber más fueron en vano, con lo cual se acrecentaba su curiosidad hasta el punto de convertirse en una obsesión por aprender esta secreta disciplina. Así fue como, una noche, sin decir nada a sus padres –el rey y la reina–, que lógicamente le hubiesen impedido semejante aventura, cogió carretera y manta en busca de los siete hermanos magos. Como sus ricos ropajes de príncipe lo hubiesen delatado, se disfrazó de peregrino. Y de este modo, viajando de incógnito, recorrió todo el reino a pie durante largos meses, escuchando todo lo que podría enseñarle cómo descubrir el lugar donde vivían los siete hermanos magos.

A principios del séptimo mes, el príncipe llegó a la zona más montañosa del reino donde, rápidamente, se perdió. Cansado y desmoralizado, con las altas montañas como únicas compañeras y con el inmenso cielo sobre su cabeza, estuvo a punto de abandonar su búsqueda cuando, de repente, llegó a la cima de una de las numerosas colinas y vio un pequeño valle escondido que se abría ante sus ojos. Para mayor alegría, en el fondo del valle se divisaba una casita. Cuanto más se acercaba, más se parecía todo a la descripción que le habían hecho los nómadas tibetanos; éstos habían descubierto la guarida de los siete hermanos magos mientras buscaban unos cuantos yaks perdidos.

El príncipe Detcheu Sangpo, acercándose a la cabaña, empezó a gritar con todas sus fuerzas: «¡Eo! ¡Eo! ¿Hay alguien? ¡Eo!»… Pero nadie le respondía. Incluso la cuadra estaba vacía. Sólo cabía esperar, así que el príncipe disfrazado de peregrino se tumbó en el suelo, delante de la casita. Cayó entonces en un profundo sueño cuando el sol se escondió detrás de las altas montañas que rodeaban el pequeño valle.

Por la noche, muy tarde, lo despertaron los habitantes del lugar, sorprendidos al encontrar un peregrino dormido a la puerta de su casa. ¡Por fin el príncipe conocía personalmente a los siete hermanos magos! Y, con el fin de poderse quedar un tiempo con ellos, fingió tener problemas de salud y verse impedido para seguir con su peregrinaje hacia el monte Kailash. Después de las explicaciones pertinentes, los siete hermanos magos le permitieron quedarse con ellos durante siete días y le dejaron instalarse en la cuadra. Cansado por el largo periplo pero feliz por haber conseguido su objetivo, se quedó dormido sobre un montón de paja, en un rinconcito abrigado.

Se despertó tarde a la mañana siguiente, y al salir de la cuadra no encontró a nadie, todo estaba desierto, como cuando llegó. Nuevamente gritó con fuerza: «¡Eo! ¡Eo! ¿Hay alguien? ¡Eo!». Entonces escucho muy atentamente, pero no se oía nada ni nadie. Intrigado por la ausencia de sus anfitriones durante todo el día, el príncipe Detcheu Sangpo reflexionó intensamente sobre cómo aprender algo de su magia, su verdadera obsesión. Por la noche, cansado de tanto reflexionar sin haber encontrado ninguna solución, se volvió a instalar en un rinconcito de la cuadra. Esa noche no quiso dormirse para poder oír cuándo llegaban los hermanos magos y espiarlos en secreto.

Pero, a pesar de sus intenciones, cayó nuevamente en un sueño profundo y se despertó otra vez por la mañana, lo bastante tarde como para que los siete hermanos ya se hubiesen ido. «¡Pero qué tonto soy!» gritó enfadado consigo mismo por no haberse sabido controlar para mantenerse despierto y poderlos espiar. Entonces, decidió volver a acostarse para dormir el día entero y así despertarse en la tercera noche.

Esta vez, su plan funcionó a la perfección, y cuando los amos de la casa regresaron a caballo, él se hizo el dormido aunque estaba completamente despierto. Sin sospechar nada del peregrino dormido, los hermanos magos metieron sus siete caballos blancos en la cuadra, luego entraron en la casa y subieron a sus dormitorios de la primera planta e iniciaron sus actividades nocturnas en la gran sala principal, a la luz del hogar. Entonces, Detcheu Sangpo se levantó, cogió una escalera de madera y la apoyó en uno de los muros de la casa, subiendo por ella silenciosamente hasta llegar a un ventanuco sin cristales. Manteniendo el equilibro sobre la escalera podía ver lo que estaba pasando en la sala principal. El príncipe, muy curioso, se fijaba hasta en el menor gesto de los hermanos magos dentro de la casa. A pesar de su audacia, su pecho latía tan fuerte que temía que se pudiera oír su corazón.

Los magos, sentados en el suelo formando un círculo alrededor del fuego, recitaban sin cesar fórmulas mágicas, como si fueran letanías. Durante toda la noche, Detcheu Sangpo permaneció atento delante de la ventana, sin percibir el viento gélido de los altos valles del Tíbet. Nada se le escapaba, ni un gesto, ni una palabra. Memorizó, particularmente, el lugar donde los hermanos escondían sus textos secretos. Al alba, sin haber dormido ni un minuto, los magos volvieron a irse con los caballos con el fin de recolectar los ingredientes necesarios para sus trabajos. Discretamente, el príncipe se retiró para dormir en su rincón de la cuadra, feliz por haber podido espiar a los siete hermanos y recibir así su primera lección de magia, en secreto.

Los días que siguió cerca de los magos, dormía profundamente por la mañana, luego consagraba el resto del día a estudiar fórmulas mágicas y, cuando regresaban los magos, fingía dormir y se subía a la escalera para observarlos a través de la ventana, cada noche.

III

Un encuentro inesperado

El séptimo día, los magos volvieron antes de la puesta de sol. Tenían la intención de recordarle al peregrino que ya había descansado bastante y que debía seguir su camino al día siguiente. Pero cuando llegaron a casa, lo sorprendieron estudiando sus textos secretos sobre prácticas mágicas.

Locos de rabia por haber sido embaucados y traicionados, los siete hermanos se lanzaron sobre Detcheu Sangpo, pero como éste había aprendido bien lo que había leído en los textos, hizo un truco de magia inmediatamente. Se transformó en un caballo blanco y trotó vivamente hacia la cuadra, con el resto de los caballos blancos. Éstos, asustados, salieron corriendo y el príncipe se escabulló entre ellos. Sin embargo, los siete hermanos magos supieron ver cuál de los caballos era el falso y se lanzaron a perseguirlo. Al cabo de un momento, los caballos llegaron a un río. El príncipe se metió en el agua y se transformó en pez, uniéndose a un grupo de peces que nadaban en las frías aguas del río de montaña. Pero, otra vez, sus perseguidores lo distinguieron y, utilizando sus poderes mágicos, se transformaron en nutrias para capturar al falso pez. Cuando pensaban que lo habían atrapado, el príncipe se transformó en pájaro y salió volando en dirección a las montañas rocosas.

Inmediatamente, los magos se transformaron en halcones salvajes, ávidos por capturar al falso pájaro que había desaparecido en una de las numerosas grutas. Seguros ya de haber capturado al príncipe, los magos penetraron por la cavidad rocosa. Para su sorpresa, encontraron un ermitaño en su retiro de tres años, tres meses, tres semanas y tres días. Se trataba del lama Geumpo Lodrup, un gran erudito tibetano. De todas formas, los magos supieron ver al príncipe convertido en una de las perlas del rosario que llevaba el lama en la mano derecha. Así que se convirtieron en siete falsos peregrinos que iban en busca de las bendiciones del venerable lama. Se inclinaron todos ante su presencia. Cuando estuvieron lo suficientemente cerca, le arrancaron el rosario de las manos, pero éste se rompió y las ciento ocho perlas salieron volando y cayeron al suelo rodando. En ese momento, el príncipe transformó las perlas, y a sí mismo, en hormiguitas que se escondían por debajo de las grietas de las paredes de la gruta. Pero justo antes de que la falsa hormiga consiguiera escabullirse, los magos la vieron. A su vez, se transformaron en pollos que iban picoteando a las hormigas a toda velocidad. Entonces, el príncipe, en una última transformación, se convirtió en un cocinero con un gran cuchillo afilado. Se lanzó sobre los siete pollos sorprendidos y les cortó la cabeza rápidamente. Fue así como aquella gruta de meditación y paz se llenó de sangre y parecía un matadero. Un gran silencio se apoderó del entorno. El príncipe, recuperando su forma real se sintió satisfecho: «¡Ahora soy yo el mayor mago del Tíbet!», pensó lleno de orgullo. Sin embargo, extrañamente, esa victoria no le procuraba realmente ningún sentimiento de felicidad. En la gruta no había nadie para admirarlo ni para aplaudirlo, nadie salvo el venerable lama que estaba meditando. Contrariado por lo que le había pasado, el príncipe, un poco perdido, se dirigió al anciano. Por primera vez, éste abrió los ojos, miro al joven con compasión y le dijo:

—Todo lo que hacemos, decimos y pensamos en cada instante, deja una impronta kármica en esta vida y en las que le seguirán. Las improntas positivas nos procuran experiencias positivas y las improntas negativas nos procuran experiencias negativas. Es la ley de la causa y el efecto. Querido príncipe Detcheu Sangpo, para aprender magia te has escapado del castillo causando un tremendo dolor a tus padres, los reyes, así como a todo tu pueblo. Te has hecho pasar por un peregrino y muchos pobres han compartido contigo lo poco que tenían. Has mentido, has robado e incluso has matado a siete personas para conseguir realizar tu obsesión. Con tus actos tan negativos te has creado un mal karma que te afectará en esta vida y en muchas vidas posteriores.

La voz firme, la mirada penetrante y llena de compasión, las sabias palabras del lama tuvieron un efecto indescriptible sobre el príncipe. Fue como cuando un relámpago fabuloso ilumina la noche más oscura. Sus velos interiores, que todo lo oscurecen, se rasgaron de repente dando paso a una claridad extremadamente viva que iluminó toda su trayectoria vital. En una fracción de segundo, vio desfilar ante sus ojos toda su existencia, todas y cada una de las personas que había conocido: sus padres, su pueblo, los siete hermanos magos, el lama sabio.

«¡Cuánto sufrimiento he causado!», dijo el príncipe con una voz atormentada y apenas audible.

En un momento se dio cuenta, brutalmente, de la gravedad de sus actos. En estado de *shock,* cayó en una profunda desesperación que le duró muchos días y muchas noches. Incapaz de moverse, se acurrucó en el suelo, en un rincón de la gruta. Perdió totalmente la noción del tiempo. Tras una cantidad enorme de días y noches, apareció en él un violento sentimiento de tristeza y de remordimientos. Dos grandes lágrimas calientes asomaron por sus ojos, convirtiéndose rápidamente en un río de llanto que caía por sus mejillas, llenaba el suelo y lo purificaba, llevándose los cadáveres de los siete hermanos magos. El torrente de lágrimas fluyó durante tres días y tres noches. El cuerpo del príncipe se sacudía con profundos gemidos que retumbaban por la gruta. Finalmente, el oleaje se detuvo. El afligido príncipe fue capaz de levantar los ojos para mirar a Geumpo Lodrup, el gran meditador, y le pidió ayuda.

—Venerable lama, te lo suplico, dime cómo puedo purificar este karma que me pesa tanto. Haré todo lo que esté en mi mano, por difícil que sea, para conseguir purificarme.

A la petición le siguió un larguísimo silencio, durante el cual el príncipe mantuvo los ojos clavados en los labios del lama para no perder ni uno solo de sus movimientos, ni una sola palabra. Conmovido por el profundo arrepentimiento del noble apartado del camino correcto por culpa de sus obsesiones, el anciano acabó por hablarle. Con una voz que parecía venir de otro mundo, le dijo:

—Querido príncipe, muy lejos de aquí, en un país vecino llamado India, el pueblo coloca a sus difuntos en un lugar llamado Silwaytsel, para incinerarlos o enterrarlos. Allí se encuentra el cadáver de Ngodrup Dorjé. Su nombre significa «el que realiza todos los sueños». Es muy astuto. Si consigues capturarlo y traérmelo, tarea harto difícil sin duda alguna, quedarás enteramente purificado de tu mal karma porque, en ese momento, las ciento veinticuatro enfermedades hasta ahora incurables en el mundo serán vencidas. Así, millones de vidas serán salvadas y tú acumularás innumerables méritos.

Profundamente afectado por la compasión y la bondad ilimitadas del lama, al lado del infame hombre en que él mismo se había convertido, el príncipe decidió encontrar el cadáver de Ngodrup Dorjé, capturarlo y llevarlo donde le habían dicho.

Antes de partir, el venerable sabio le dio un consejo esencial:

—Cuando lo hayas capturado, el cadáver, tan astuto como es, te hablará sin cesar para que bajes la guardia. Procura no hacerlo, y, sobre todo, jamás le contestes porque a la primera palabra que salga de tu boca, se te escapará.

Le entregó, asimismo, cuatro objetos dotados de poderes especiales: un pequeño objeto cónico, rojo como la madera de sándalo, un hacha tan cortante que podría derribar un árbol de un solo tajo, una cuerda tan extensible que podría atarlo todo y una bolsa que podía contener una cantidad innumerable de objetos.

El príncipe Detcheu Sangpo estaba muy excitado con su misión y tenía la firme intención de triunfar en su propósito sirviéndose de todos sus recursos interiores, que ya había puesto a prueba en el pasado: su inteligencia, su coraje y su perseverancia. La diferencia era que, en esta ocasión, estaba comprometido con un propósito noble y grande, para beneficio de todos los seres sensibles. Con sus cuatro objetos poderosos y los consejos del lama, el joven príncipe se puso en marcha hacia la India para llegar al lugar donde se encontraba el cadáver.

IV

La caza del cadáver

El príncipe Detcheu Sangpo volvió a atravesar todo su reino hasta llegar a la India, y después al lugar llamado Silwaytsel que le había descrito el viejo lama, donde se encontraban los muertos. En cuanto llegó lo rodearon numerosos difuntos que se empujaban entre ellos y hablaban todos a la vez:

—¡Tararí! ¡Tururú! ¡Yo soy el que buscas! ¡Venga, llévame contigo!

Entonces el príncipe recordó el primer objeto que le había dado el lama Lodrup. Así que cogió el objeto cónico de color rojo, siguiendo el consejo del lama, y dando golpecitos con él en la frente de los muertos, iba repitiendo «Tú no eres. Tú no eres» y con ello los difuntos huían corriendo. Al cabo de un rato, mirando a su alrededor, se dio cuenta de que uno de los muertos no actuaba como los demás y tenía una apariencia diferente: su parte superior era de oro, la inferior de plata y su melena era completamente turquesa.

Como le había advertido el lama, este muerto se subió a un árbol de sándalo de un salto y repetía: «¡Yo no soy! ¡Yo no soy!».

El príncipe comprendió que se trataba de Ngodrup Dorjé, «el que realiza todos los sueños», así que agarró el segundo objeto que el sabio le había dado, el hacha, con la que tronchó el árbol. Con este gesto todo el árbol se sacudió y el príncipe le decía a Ngodrup Dorjé:

—¡Baja al suelo! Si no, cortaré todo el árbol.

Muy seguro de ser invencible, el difunto le contestó:

—Pobre príncipe, te vas a cansar cortando el árbol. Mejor bajo yo solo.

El príncipe lo agarró, lo metió en la bolsa, que se adaptó al tamaño del cadáver, y la cerró inmediatamente con la cuerda mágica. Como el príncipe tenía el objeto cónico siempre en la mano, los otros muertos no se acercaban a él, y así, la mar de satisfecho, tomó el camino de regreso para llevarle su preciosa captura al lama lo antes posible.

El tercer día de viaje, el príncipe llegó a una planicie desierta que debía atravesar. En ese instante, Ngodrup Dorjé, muy astutamente, empezó a hablarle con una voz dulce y agradable:

—En esta región hostil no hay nadie y no vas a encontrar ni un solo sitio donde descansar, ni siquiera un sitio pequeñito como la caca de un ratón. Para que esta travesía nos resulte más agradable, te propongo dos soluciones. Tú, que estás vivo, puedes contarme una historia. O bien yo, que ya estoy muerto, puedo contarte otra.

El príncipe, advertido por el lama, no dijo ni pío, así que el muerto empezó a contar una de sus bonitas historias.

V

El guitarrista ambulante

Érase una vez un joven guitarrista ambulante que se llamaba Dranyen Tsigschipa, «guitarra de cuatro cuerdas». Estaba dotado de un gran virtuosismo y, además, de mucha compasión por los seres sufrientes. Gracias a los méritos acumulados en sus vidas anteriores, se ganaba bien la vida y no le faltaba de nada.

Le gustaba llevar alegría a los demás a través de su música y surcaba todo el país atravesando valles y montañas. Tocaba para los valerosos trabajadores de los campos, los picapedreros, los nómadas de los valles y los comerciantes cuyas caravanas atravesaban durante semanas los altiplanos deshabitados. Lo invitaban a tocar en todas las bodas, en las fiestas de los pueblos y para Año Nuevo y daba conciertos al aire libre en los días de mercado.

Una buena mañana soleada, mientras Dranyen Tsingschipa caminaba a lo largo de un río, se cruzó con un hombre que quería matar una serpiente blanca con un cuchillo. Lleno de compasión por el animal, que estaba muerto de miedo, el guitarrista gritó:

—¡Nyingdjay! No le hagas daño a ese ser vivo. Deja que siga su camino.

—¡Métete en tus asuntos! Tengo un rebaño de cabras aquí cerca y este animal venenoso es un peligro para mí y para mis cabras –dijo el hombre despiadadamente.

Entonces, el guitarrista sacó una moneda de oro de un bolsillo grande que tenía cerca del pecho y se la entregó al pastor a cambio de la vida de la serpiente. Sorprendido y feliz por el ventajoso negocio que se le planteaba, el pastor dejó libre al animal, que se escabulló de inmediato en el río y, contento con su moneda de oro, el hombre se volvió con sus cabras.

El joven guitarrista retomó su camino y hacia mediodía llegó a un pueblo. Se cruzó entonces con un viejo que estaba pegándole palos a un perro, una y otra vez, sin pensamiento de dejarlo. Esta violencia hacia el pobre animal conmovió al guitarrista, que gritó:

—¡Nyingdjay! No le hagas daño a ese ser vivo. Déjalo libre.

—¡Métete en tus asuntos! Soy el más anciano del pueblo y este perro agresivo representa un peligro para todos nosotros –respondió despiadadamente el anciano.

De nuevo, el guitarrista se sacó una moneda de oro de su bolsillo del pecho y se la ofreció al anciano a cambio de la vida del perro. El agresor, la mar de contento con semejante negocio ventajoso, no se lo pensó mucho y aceptó ese precio excepcional por la vida del animal. Dranyen Tsigschipa siguió entonces su camino.

Por la noche llegó a otro pueblo y se topó con un hombre que estaba a punto de matar un gato. Otra vez, lleno de compasión, Dranyen Tsigschipa gritó:

—¡Nyingdjay! No le hagas daño a ese ser vivo. Deja que viva.

—¡No te metas en lo que no te importa! Soy un comerciante y necesito la preciosa piel de este gato. Podré venderla muy cara en el mercado –dijo el hombre despiadadamente.

El joven guitarrista, como las otras veces precedentes, propuso al hombre salvar la vida del gato a cambio de la moneda de oro. El comerciante no se lo pensó ni un segundo. Así el gato fue liberado y se escondió rápidamente en la naturaleza.

«Qué día más raro estoy teniendo», pensó Dranyen Tsigschipa, mientras seguía su camino a buen paso. Estaba contento porque había salvado la vida de tres animales inocentes y, al mismo tiempo, pudo impedir que tres hombres cometiesen el acto irreparable de dar muerte y acumulasen mal karma.

Después de un rato, tuvo la sensación de que lo estaban observando y lo estaban siguiendo. Para su sorpresa, vio que se trataba del gato y del perro a los que había salvado la vida. «Guau-guau» y «Miau-miau» iban diciendo. Ambos animales tenían ganas de acompañarlo en su viaje a través del país. Conmovido, los aceptó como compañeros.

Cayó la noche y los tres llegaron a un amplio llano vacío donde, poco a poco, sintieron hambre y cansancio. Decidieron acampar cerca de un peñasco para comer un poco de *tsampa* y carne de yak seca, que repartieron entre los tres. Tras esa cenita típicamente tibetana, se quedaron dormidos apretados los tres juntos para mantenerse calientes. Por la noche, en los altiplanos del Tíbet, sopla un viento helado que congela el ambiente. Por suerte, el músico llevaba consigo un abrigo de yak forrado, que lo mantenía caliente.

A la mañana siguiente, el sol naciente los despertó y los tres amigos iban a ponerse nuevamente en marcha cuando, de repente, vieron un palacio inmenso, de fabuloso esplendor, alzado en mitad del altiplano, que parecía deshabitado. Antes de que se hubieran recuperado de la sorpresa, vieron que de la puerta principal salían hombres y mujeres ricamente vestidos. Se dirigían hacia el peñasco donde los tres amigos permanecían incrédulos, con la boca y los ojos abiertos. Muy respetuosamente, el grupo de personas se les acercó y uno de ellos dirigió la palabra a Dranyen Tsigschipa con exquisita educación y en el tibetano más puro de Lhassa.

—¡Muy honorable guitarrista! La todopoderosa y espléndida princesa de este palacio nos manda a darte la bienvenida a su región y a invitarte a desayunar. Haznos el honor de regalarnos con tu presencia y la de tus amigos.

El músico, incapaz de comprender lo que estaba pasando, creía estar soñando y no era capaz de articular palabra, cuando se vio acompañando a la comitiva de vuelta al palacio con sus dos fieles amigos. Una vez dentro, vieron más gente, vestidos y ornamentados con más lujo, si cabe, que los anteriores.

Finalmente, entraron en una gran sala ricamente decorada y en ella vieron a una jovencita de belleza irreal, cuya hermosura superaba con creces el esplendor y la suntuosidad de las demás personas y del palacio entero. En ese momento, esa especie de aparición mágica dirigió la palabra al músico con la voz más dulce que nunca se haya escuchado:

—Soy la princesa del pueblo de los nagas, protectores de la naturaleza, y tengo la costumbre de transformarme en serpiente blanca cuando recorro el país. En un momento de despiste, me capturó un pastor de cabras y estuve a punto de morir a sus manos. Pero apareciste tú, lleno de compasión, y me salvaste la vida. Te ruego tomes asiento en mi mesa junto a tus amigos para que desayunes conmigo.

Creyendo que aún estaba soñando, sin poder decir palabra, Dranyen Tsigschipa se sentó a la mesa e hizo honores a los riquísimos manjares. El perro, auténtico vividor, no se hizo de rogar para zamparse todo lo que se le ponía por delante, hasta quedarse dormido sobre una de las mesas. El gato, de naturaleza más discreta, observaba la gran variedad de viandas y se sentía incómodo al ser blanco de todas las miradas, así que comió con moderación. Sin embargo, los tres pasaron los mejores momentos de sus vidas.

Al final de tan suntuoso desayuno, la princesa anunció:

—Me siento muy satisfecha de poder conceder el deseo más intenso de mi salvador. ¿Qué es lo que más te gustaría o desearías?

Éste, más sorprendido aún, no sabía ni qué decir y no se atrevía a mirar los ojos de la princesa, bajando la mirada ante ella. En ese momento, sus ojos se posaron en un anillo que ésta llevaba y dijo:

—Nada colmaría mi vida tanto como el simple anillo que llevas puesto.

Incómoda con semejante petición, la princesa espetó:

—Puedes pedir todas las riquezas del mundo salvo este anillo, porque representa la fuente de mi propia existencia.

Pero el músico se puso intransigente y la princesa acabó por ceder pensando que, después de todo, él le había salvado la vida y no podía negarle nada. Sin embargo, precisó:

—Te lo ruego, este anillo no puede ser llevado por nadie más que por ti y en ningún momento deberás prestarlo ni regalárselo a nadie.

Y el guitarrista, que tenía el corazón puro, se lo prometió solemnemente. La princesa añadió que, en caso de necesidad, su gente y ella misma acudirían en su ayuda si frotaba el anillo un poco. De este modo, el artista y sus amigos se despidieron de ese hermoso mundo y retomaron su camino. A cierta distancia, el músico y sus compañeros se dieron la vuelta para contemplar el palacio por última vez y, estupefactos, vieron que había desaparecido y que el altiplano esta desierto.

Los tres amigos creyeron, nuevamente, que todo había sido un sueño, pero Dranyen Tsigschipa vio el anillo de la princesa en su mano, preciosa prueba de lo que acababa de vivir momentos antes.

Maravillado por la fantástica historia que estaba contando el astuto cadáver, el príncipe Detcheu Sangpo se relajó y se le escaparon las siguientes palabras:

—¡Oh, cómo me gustaría poder ver a la princesa de los nagas solo una vez en mi vida!

Y de manera instantánea, la bolsa que el príncipe llevaba a la espalda se abrió sola para dejar escapar el cadáver de Ngodrup Dorjé. Y con gran entusiasmo gritó:

—¡Y éste es un tortazo por haber respondido a mis palabras! –Y desapareció con el viento.

Demasiado tarde. El príncipe se dio cuenta de su error fatal. Ahora estaba solo en tierra hostil con un enorme sentimiento de culpa y de fracaso.

—¡Nga kougpa! ¡Qué idiota soy! –gritó lleno de ira hacia sí mismo.

Pero ni su ira ni sus lágrimas cambiarían la situación. Finalmente, el príncipe se recompuso, cogió al toro por los cuernos y se dispuso a cumplir la misión que el lama Geumpo Lodrup le había encargado. ¡Con la firme intención de no bajar la guardia la próxima vez!

VI

La nueva caza del cadáver

Así las cosas, el príncipe Detcheu Sangpo atravesó nuevamente todo el reino hasta llegar a la India, al lugar descrito por el maestro espiritual donde se encuentran los muertos. En cuanto llegó, fue rápidamente rodeado por los muertos que se empujaban entre sí y hablaban al mismo tiempo.

—¡Tararí! ¡Tururú! ¡Yo soy el que buscas! ¡Venga, llévame contigo!

Siguiendo los consejos del lama, empezó a tocar la frente de los difuntos con el objeto cónico rojo, repitiendo sin cesar «Tú no eres. Tú no eres» y con ello los difuntos huían corriendo. Mirando a su alrededor vio un difunto particular: su parte superior era de oro, la inferior de plata y su melena era completamente turquesa.

Como le había advertido el lama, este muerto se subió a un árbol de sándalo de un salto y repetía: «¡Yo no soy! ¡Yo no soy!».

Habiendo encontrado el cadáver de Ngodrup Dorjé, «el que realiza todos los sueños», el príncipe tomó el segundo objeto que el sabio le había dado, el hacha, con la que tronchó

43

el árbol. Con este gesto todo el árbol se sacudió y el príncipe le decía a Ngodrup Dorjé:

—¡Baja al suelo! Si no, cortaré todo el árbol.

Muy seguro de ser invencible, el difunto le contestó:

—Pobre príncipe, te vas a cansar cortando el árbol. Mejor bajo yo solo.

El príncipe lo agarró, lo metió en la bolsa, que se adaptó al tamaño del cadáver, y la cerró inmediatamente con la cuerda mágica. Como el príncipe tenía el objeto cónico siempre en la mano, los otros muertos no se acercaban a él, y así, la mar de satisfecho, tomó el camino de regreso para llevarle su preciosa captura al lama lo antes posible.

El sexto día, mientras el príncipe estaba de nuevo atravesando la gran llanura desértica, Ngodrup Dorjé empezó a hablarle con una voz dulzona e irresistible:

—En esta región hostil no hay nadie y no vas a encontrar ni un solo sitio donde descansar, ni siquiera un sitio pequeñito como la caca de un ratón. Para que esta travesía nos resulte más agradable, te propongo dos soluciones. Tú, que estás vivo, puedes contarme una historia. O bien yo, que ya estoy muerto, puedo contarte otra.

El príncipe, advertido por el lama, no dijo ni pío, así que el muerto siguió con la historia del guitarrista y de sus amigos.

VII

El guitarrista ambulante y la vigilancia

En su camino, los tres amigos se encontraron con un comerciante al que le gustaba la música del guitarrista y los invitó a tomar té en su casa. En los altiplanos del Tíbet, conocido como el techo del mundo, es importante beber regularmente té con mantequilla salada, desde la mañana a la noche. Esta bebida nacional es un rico caldo reconfortante a base de té negro que da más fuerza física que un simple té.

Felices con la invitación, los amigos aceptaron y rápidamente, tras el té, el músico se puso a jugar al *sho,* juego tradicional tibetano que se puede jugar durante horas entre dos, tres o cuatro jugadores. El comerciante había viajado mucho, era un hombre observador y se había fijado en el hermoso anillo con piedras preciosas que llevaba el músico en un dedo y lo deseó con todas sus fuerzas. Muy astuto, fue haciendo trampas en el juego y así, poco a poco, el músico fue perdiendo todo su dinero, todas las monedas de oro ganadas con su música. Entonces sin problema alguno, dado que no estaba atado a sus riquezas, pagó sus deudas y se dispuso a marcharse con sus amigos que ya estaban muy aburridos. Pero con incontestable fuerza de convicción, el astuto comerciante consiguió retenerlo para echar otra partida de *sho* y le prometió jugárselo todo a cambio del anillo del músico. Las advertencias de los amigos cuadrúpedos no sirvieron de nada, dado que el guitarrista no sólo había bebido té, sino unos cuantos cuencos de *tschang*, cerveza tibetana a base de cebada muy apreciada. Bajo los efectos del alcohol, se volvió muy despreocupado y consintió en jugar otra partida. El comerciante, para variar, hizo trampa, y el músico perdió de nuevo. Esta vez, el precioso regalo de la princesa de los nagas cambió de mano. El daño estaba hecho. De repente, el músico se dio cuenta de lo que había hecho y de cómo se había dejado robar por su hipócrita anfitrión. ¡Era demasiado tarde! Con lo simpático y amable que había sido al principio, a la hora de cobrar el anillo se volvió duro y desagradable. Con la ayuda de sus sirvientes y su impresionante perro guardián –un mastín de los nómadas– los echó a los tres a la calle una vez tuvo su anillo.

Medio triste, medio furioso consigo mismo, el músico se fue con sus amigos. Los tres parecían una procesión funeraria porque iban en silencio, uno detrás de otro, cabizbajos y sombríos. El gato no podía soportar ver a su amigo tan desesperado y pensó en un medio para ayudarlo. Entonces recordó a una buena amiga suya, una ratita de espíritu vivo, capaz de hacer frente a todas las situaciones. Sin decir ni media palabra, el gato contactó con su amiga, le explicó lo que había pasado y le preguntó cómo podían recuperar el anillo que se había quedado el deshonesto comerciante. Entonces la rata tuvo una excelente idea. Ella misma se infiltró en la casa del estafador, pasó por debajo de la nariz del perro y llegó al dormitorio donde estaba roncando el comerciante. Toda la habitación apestaba a *tschang*. Aparentemente, el comerciante había celebrado su victoria ¡con mucha cerveza! Su profundo sueño facilitó que la ratita cogiera el anillo, que estaba en la mesita de noche, con facilidad. Afortunadamente, el anillo de la princesa de los nagas era demasiado pequeño para los dedos del estafador, y no podía ponérselo. Pretendía venderlo, dadas las circunstancias.

Gracias a su rapidez y habilidad, la ratita salió corriendo de la propiedad y entregó el anillo al gato. Felices y orgullosos, se lo devolvieron al músico cuando se despertó. Éste creyó estar soñando con tamaña sorpresa. Para agradecerles el favor al gato y a la rata, el guitarrista tocó sus mejores composiciones para guitarra. Lo hizo tan bien y se superó tanto que no sólo sus compañeros, sino toda la gente que pasaba por el camino que atravesaba los altiplanos del Tíbet, quedaron maravillados. Gracias a su talento, volvió a ganar dinero y recuperó tantas o más monedas de oro que las que antes tenía y volvió a vivir feliz con sus amigos. Un día, la ratita decidió dejarlos para regresar con su numerosa familia. El adiós fue largo y triste, pero se prometieron seguir en contacto.

En ese momento, aún fuera de sí por la inconsciencia del artista, el príncipe se relajó un momento y dejó escapar unas palabras:

—¡Qué suerte ha tenido al recuperar el precioso anillo con ayuda de sus amigos!

En ese preciso instante, la bolsa que llevaba a la espalda se abrió sola y dejó escapar el cadáver de Ngodrup Dorjé, que con gran entusiasmo gritó:

—¡Y éste es un tortazo por haber respondido a mis palabras! –Y desapareció con el viento.

Demasiado tarde. El príncipe se dio cuenta de su error fatal. Ahora estaba solo en tierra hostil con un enorme sentimiento de culpa y de fracaso.

—¡Nga kougpa! ¡Qué idiota soy! –gritó lleno de ira hacia sí mismo.

Pero ni su ira ni sus lágrimas cambiarían la situación. Finalmente, el príncipe se recompuso, cogió al toro por los cuernos y se dispuso a cumplir la misión que el lama Geumpo Lodrup le había encargado. ¡Y regresó a la India con la firme intención de no bajar la guardia la próxima vez!

VIII

La nueva caza del cadáver

Así fue como el príncipe Detcheu Sangpo atravesó nuevamente todo el reino hasta llegar al lugar llamado Silwaytsel,
en la India. En cuanto llegó, lo rodearon cientos de difuntos
que se empujaban entre sí y hablaban al mismo tiempo:

—¡Tararí! ¡Tururú! ¡Yo soy el que buscas! ¡Venga, llévame
contigo!

Siguiendo los consejos del lama, empezó a tocar la frente
de los difuntos con el objeto cónico rojo, repitiendo sin cesar
«Tú no eres. Tú no eres» y con ello los difuntos huían corriendo. Mirando a su alrededor vio un difunto particular: su parte
superior era de oro, la inferior de plata y su melena era completamente turquesa. Como le había advertido el lama, este
muerto se subió a un árbol de sándalo de un salto y repetía:
«¡Yo no soy! ¡Yo no soy!».

Habiendo encontrado el cadáver de Ngodrup Dorjé, «el
que realiza todos los sueños», el príncipe cogió el segundo
objeto que el sabio le había dado, el hacha, con la que tronchó
el árbol. Con este gesto todo el árbol se sacudió y el príncipe
le decía a Ngodrup Dorjé:

—¡Baja al suelo! Si no, cortaré todo el árbol.

Muy seguro de ser invencible, el difunto le contestó:

—Pobre príncipe, te vas a cansar cortando el árbol. Mejor bajo yo solo.

El príncipe lo agarró, lo metió en la bolsa, que se adaptó al tamaño del cadáver, y la cerró inmediatamente con la cuerda mágica. Como el príncipe tenía el objeto cónico siempre en la mano, los otros muertos no se acercaban a él, y así, la mar de satisfecho, tomó el camino de regreso para llevarle su preciosa captura al lama lo antes posible.

El noveno día, cuando el príncipe estaba a punto de atravesar la gran llanura desierta. Ngodrup Dorjé empezó a hablarle con una voz melosa:

—En esta región hostil no hay nadie y no vas a encontrar ni un solo sitio donde descansar, ni siquiera un sitio pequeñito como la caca de un ratón. Para que esta travesía nos resulte más agradable, te propongo dos soluciones. Tú, que estás vivo, puedes contarme una historia. O bien yo, que ya estoy muerto, puedo contarte otra.

El príncipe, advertido por el lama, no dijo ni pío, así que el muerto siguió con la historia del guitarrista y sus amigos.

IX

El guitarrista ambulante y la fuerza de la amistad

Tras horas de marcha, el guitarrista, el gato y el perro se detuvieron frente a un río ancho y profundo, el cual debían cruzar inevitablemente para llegar al siguiente pueblo. El perro era el único que sabía nadar y propuso llevar al gato en su lomo y tirar del músico, que debería agarrarse bien a su cola mientras cruzaban el río.

De igual modo, para evitar su pérdida, el perro propuso guardar el anillo de la princesa personalmente. Estuvieron todos de acuerdo, aunque se sorprendieron al ver que el perro, simplemente, se metía el anillo en la boca.

De este modo, los tres amigos fueron avanzando bien hasta la mitad del río. Pero entonces, el gato vio que el perro llevaba un trocito de carne seca de yak pegada al morro. Sintiendo por un momento un vacío tremendo en el estómago, un ansia irrefrenable por comer, se puso a lamerle el morro al perro para llevarse en trocito de carne.

—¡A… a… achís! –estornudó el perro con todas sus fuerzas.

De este modo, el maravilloso anillo de la princesa fue despedido de la boca del perro y cayó en lo más profundo del agua del río. Incrédulos, los tres amigos intentaron recuperarlo, pero todo fue en vano.

El gato y el príncipe no sabían nadar, al perro le fallaban las fuerzas y casi no podía continuar hasta llegar a la otra orilla. Una vez en tierra firme, el músico se enfadó mucho con sus amigos:

—¡Por vuestra culpa hemos perdido el regalo de la princesa! ¡Qué desgracia tan grande! ¡Soy un pobre hombre!

Apenas sin aliento, el perro intentó consolar a su amigo:

—¡Guau, guau! Afortunadamente, la princesa no está en peligro porque este río pertenece al reino de los nagas. Seguro que el anillo volverá a manos de la princesa.

Pero el gato, lleno de remordimientos por lo que había hecho, dijo en voz baja:

—¡Miau! Amigos míos, estoy consternado. El hambre me ha empujado a sucumbir a la tentación. No he pensado en las tremendas consecuencias que podríamos tener. Lo siento mucho. ¡Perdonadme!

Viendo la tristeza y las lágrimas que caían de los ojos del gato, el músico lo perdonó:

—Como el anillo volverá a manos de la princesa, casi seguro su vida no estará en peligro. Olvidemos lo que ha pasado y sigamos nuestro camino.

Felices con el perdón del músico, los amigos expresaron su deseo de ir a ver a sus respectivas familias. El adiós fue largo y triste, pero prometieron permanecer en contacto.

Conmovido por esta amistad, el príncipe Detcheu Sangpo volvió a relajarse y dijo:

—¡Qué amistad tan bonita!

Inmediatamente, la bolsa que llevaba a la espalda se abrió sola y dejó escapar al prisionero, el cadáver de Ngodrup Dorjé. Y con gran entusiasmo gritó:

—¡Y éste es un tortazo por haber respondido a mis palabras! –Y desapareció con el viento.

Demasiado tarde. El príncipe se dio cuenta de su error fatal. Ahora estaba solo en tierra hostil con un enorme sentimiento de culpa y de fracaso.

—¡*Nga kougpa!* ¡Qué idiota soy! –gritó lleno de ira hacia sí mismo.

Pero ni su ira ni sus lágrimas cambiarían la situación. Finalmente, el príncipe se recompuso, cogió al toro por los cuernos y se dispuso a cumplir la misión que el lama Geumpo Lodrup le había encargado. ¡Y regresó a la India con la firme intención de no bajar la guardia la próxima vez!

X

La nueva caza del cadáver

Así fue como el príncipe Detcheu Sangpo atravesó nuevamente todo el reino hasta llegar al sitio llamado Silwaytsel, en la India. En cuanto llegó, lo rodearon cientos de difuntos que se empujaban entre sí y hablaban al mismo tiempo:

—¡Tararí! ¡Tururú! ¡Yo soy el que buscas! ¡Venga, llévame contigo!

Siguiendo los consejos del lama, empezó a tocar la frente de los difuntos con el objeto cónico rojo, repitiendo sin cesar «Tú no eres. Tú no eres» y con ello los difuntos huían corriendo. Mirando a su alrededor vio un difunto particular: su parte superior era de oro, la inferior de plata y su melena era completamente turquesa. Como le había advertido el lama, este muerto se subió a un árbol de sándalo de un salto y repetía: «¡Yo no soy! ¡Yo no soy!».

Habiendo encontrado el cadáver de Ngodrup Dorjé, «el que realiza todos los sueños», el príncipe cogió el segundo objeto que el sabio le había dado, el hacha, con la que tronchó el árbol. Con este gesto todo el árbol se sacudió y el príncipe le decía a Ngodrup Dorjé:

—¡Baja al suelo! Si no, cortaré todo el árbol.

Muy seguro de ser invencible, el difunto le contestó:

—Pobre príncipe, te vas a cansar cortando el árbol. Mejor bajo yo solo.

El príncipe lo agarró, lo metió en la bolsa, que se adaptó al tamaño del cadáver, y la cerró inmediatamente con la cuerda mágica. Como el príncipe tenía el objeto cónico siempre en la mano, los otros muertos no se acercaban a él, y así, la mar de satisfecho, tomó el camino de regreso para llevarle su preciosa captura al lama lo antes posible.

El decimosegundo día, cuando el príncipe se disponía a atravesar nuevamente la gran llanura desierta, Ngodrup Dorjé empezó a hablar con una vocecilla dulzona:

—En esta región hostil no hay nadie y no vas a encontrar ni un solo sitio donde descansar, ni siquiera un sitio pequeñito como la caca de un ratón. Para que esta travesía nos resulte más agradable, te propongo dos soluciones. Tú, que estás vivo, puedes contarme una historia. O bien yo, que ya estoy muerto, puedo contarte otra.

El príncipe, advertido por el lama, no dijo ni pío, así que el muerto empezó a contar una historia más hermosa que la anterior, si cabe.

XI

El mendigo astuto

Érase una vez un mendigo que un día se topó con unos niños que estaban peleando por un sombrero. Intrigado, se paró a preguntarles por qué ansiaban tanto semejante objeto sin valor. Entonces supo que el sombrero tenía propiedades mágicas. El que se lo ponía se volvía invisible. En ese momento se despertó su propio interés por ese sombrero excepcional y decidió urdir un plan para quedárselo.

—Mis queridos niños –dijo con falsa amabilidad–, en tanto que persona neutra, voy a ayudaros a encontrar una solución para el conflicto. Vais a hacer una carrera y el que llegue primero será el dueño del sombrero.

Esta solución pareció justa a todos los niños y el mendigo dio la salida para que iniciaran la carrera. Pero antes de que los niños regresaran al punto de partida, agarró el sombrero, se lo puso y se hizo invisible. Entonces abandonó rápidamente la región llevándose su interesante botín.

Unos días más tarde llegó a una región llena de nómadas. Dos de ellos estaban discutiendo por un mísero saco. Otra vez intrigado, el mendigo se paró y les preguntó por qué se peleaban por ese objeto tan poco valioso. Los nómadas le explicaron que el saco tenía virtudes mágicas. Quien lo poseía podía sacar de él todo lo que se le ocurriera: comida en abundancia, bebidas, ropa y todo lo que quisiera. Muy avispado, el mendigo dijo:

—¡Escuchadme! En lugar de discutir, os sugiero una carrera, y el que la gane se queda con el saco. En tanto que persona neutra, me ofrezco para hacer de juez. El saco será propiedad del primero que regrese a mí.

Su consejo pareció justo a los nómadas y el mendigo dio la señal para empezar la carrera. Pero antes de que los inocentes nómadas regresaran al punto de partida y se dieran cuenta de la trampa, el mendigo se puso su sombrero mágico. Una vez invisible, abandonó la región rápidamente llevándose el saco mágico como botín.

Algún tiempo más tarde, el mendigo vio a dos labriegos en el campo peleándose por un simple bastón. Intrigado, se detuvo para preguntar el motivo de la disputa. Los labriegos le explicaron que el bastón era mágico. El que lo poseyera podría transportarse inmediatamente a cualquier lugar que se le ocurriera y, además, podría vencer a sus enemigos, por muy numerosos que fueran. Evidentemente, el mendigo sintió un violento deseo de quedarse con ese objeto único y dijo:

—¡Escuchadme! En tanto que persona neutra, estoy dispuesto a hacer de juez en una carrera entre vosotros. Este bastón mágico pertenecerá al que, corriendo, llegue hasta mí en primer lugar.

Su idea pareció justa a los campesinos y el mendigo les dio la señal para empezar la carrera. Pero, antes de que los mendigos regresaran al punto de partida y se dieran cuenta de la trampa, el mendigo se puso el sombrero en la cabeza, quedó así invisible y abandonó de inmediato la región llevándose el bastón mágico con él. De este modo y en poco tiempo, obtuvo con facilidad tres objetos excepcionales que harían su vida más fácil y agradable. Por eso estaba feliz como una perdiz.

Emocionado con esta historia, el príncipe Detcheu Sangpo, a pesar de mantenerse alerta, bajó la guardia un momento y exclamó:

—Es increíble cómo la gente se deja embaucar…

Inmediatamente se abrió la bolsa que llevaba a la espalda dejando escapar al prisionero, Ngodrup Dorjé. Y con gran entusiasmo gritó:

—¡Y éste es un tortazo por haber respondido a mis palabras! –y desapareció con el viento.

Demasiado tarde. El príncipe se dio cuenta de su error fatal. Ahora estaba solo en tierra hostil con un enorme sentimiento de culpa y de fracaso. Pero ni su ira ni sus lágrimas cambiarían la situación. Finalmente, el príncipe se recompuso, cogió al toro por los cuernos y se dispuso a cumplir la misión que el lama Geumpo Lodrup le había encargado y volvió a ponerse en camino para capturar «al que realiza todos los sueños».

XII

La nueva caza del cadáver

Así fue como, una vez más, el príncipe Detcheu Sangpo atravesó el reino para llegar a la India, al lugar donde se encontraban los muertos. En cuanto llegó, lo rodearon cientos de difuntos que se empujaban entre sí y hablaban al mismo tiempo:

—¡Tararí! ¡Tururú! ¡Yo soy el que buscas! ¡Venga, llévame contigo!

Siguiendo los consejos del lama, empezó a tocar la frente de los difuntos con el objeto cónico rojo, repitiendo sin cesar «Tú no eres. Tú no eres» y con ello los difuntos huían corriendo. Mirando a su alrededor vio un difunto particular: su parte superior era de oro, la inferior de plata y su melena era completamente turquesa.

Como le había advertido el lama, este muerto se subió a un árbol de sándalo de un salto y repetía: «¡Yo no soy! ¡Yo no soy!».

Utilizando los objetos que el sabio le había dado, el príncipe capturó nuevamente el cadáver, y así, la mar de satisfecho, tomó el camino de regreso para llevarle su preciosa captura al lama lo antes posible.

El decimoquinto día, cuando el príncipe se disponía a atravesar nuevamente la gran llanura desierta, Ngodrup Dorjé empezó a hablar con una vocecilla dulzona:

—En esta región hostil no hay nadie y no vas a encontrar ni un solo sitio donde descansar, ni siquiera un sitio pequeñito como la caca de un ratón. Para que esta travesía nos resulte más agradable, te propongo dos soluciones. Tú, que estás vivo, puedes contarme una historia. O bien yo, que ya estoy muerto, puedo contarte otra.

Y sin esperar respuesta alguna, el muerto se puso a contar las aventuras del mendigo y sus objetos mágicos.

XIII

El mendigo y sus amigos

Y bien, el mendigo continuó su camino a través de los altiplanos del Tíbet. Un día se encontró con un pobre huerfanito que quería unirse a él desesperadamente. El mendigo le dijo:

—Oye, mi vida no es sencilla. No tengo dinero ni techo para guarecerme. Sólo como cuando me dan algo para llevarme a la boca, y si me quedo con hambre a nadie le importa. Tengo que dormir siempre a la intemperie, aunque haga mucho frío.

A pesar de sus argumentos, el huerfanito no cambió de opinión y el mendigo acabó aceptándolo como compañero de camino.

Pasados unos días, los dos amigos conocieron a un hombre joven, hijo de una familia rica, que se había fugado de casa. Cuando conoció al mendigo y al huérfano, comprendió que la vida libre sin obligaciones ni ataduras era lo que él quería, así que les pidió unirse al grupo. Otra vez el mendigo dio todo tipo de argumentos para disuadirlo, como hiciera antes con el huerfanito. ¡Nada que hacer! El hijo de los ricos estaba decidido a seguirlos. De este modo, el mendigo lo aceptó y siguieron juntos el camino.

En otro lugar, el mendigo y sus dos amigos conocieron al hijo de un rey que no estaba interesado en las riquezas ni en el poder, sino que ansiaba libertad y aventuras.

—Por favor, dejadme ir con vosotros.

Nuevamente, el mendigo expuso todos sus argumentos para desanimarlo a unirse al grupo. Pero el joven aristócrata tenía la firme determinación de unírseles, así que el mendigo aceptó y partieron todos juntos, felices.

Un buen día llegaron a un pueblo, y la noticia de la llegada de los cuatro fieles amigos se extendió como la pólvora. Les dieron de comer *tsampa* generosamente. La muchacha más hermosa del lugar se enamoró locamente del príncipe. Entonces el mendigo informó a la familia de la chica que su amigo era de familia noble y que tenía muy buen carácter. Así que la familia no dudó en aceptar al príncipe como marido para su hija y todos fueron invitados a vivir un mes con la familia de la muchacha, tiempo necesario para preparar los esponsales, que durarían siete días completos. Se hizo una fiesta preciosa, celebrada por todo el pueblo. La familia era buena y la jovencita era muy guapa.

Hartos y saciados, los amigos continuaron su camino. La despedida fue muy difícil, pero todo el mundo estaba feliz por el buen karma del príncipe.

Los tres amigos restantes llegaron a otro pueblo donde, otra vez, dieron que hablar positivamente por la amistad inquebrantable que se profesaban. La jovencita más hermosa del lugar se fijó en el joven de familia rica y se enamoró perdidamente de él. Se lo contó a su madre y fueron a hablar con el mendigo. Entonces la madre consintió en aceptar al joven como yerno y se celebró una gran boda a la que asistió todo el pueblo. Tranquilos sabiendo que el joven estaría bien con una buena familia, el mendigo y el huérfano decidieron seguir su camino. La despedida fue larga y difícil, pero todo el mundo estaba contento con el buen karma del joven rico.

Los dos últimos amigos llegaron a otro pueblo donde, rápidamente, consiguieron que se hablara bien de ellos por su infinita amistad. La jovencita más guapa del pueblo se fijó en el huérfano, conoció su buen carácter y se enamoró perdidamente de él. Habló con su madre, la cual corrió a hablar con el mendigo. La madre consintió en aceptar al huérfano como yerno y celebraron entonces una gran boda por todo lo alto donde el mendigo y el pueblo entero estuvieron invitados. Tranquilo sabiendo que su último amigo se quedaba con una buena familia, el mendigo decidió seguir su camino. El adiós fue difícil, pero todos estaban contentos por el buen karma del huérfano. Sólo el mendigo sentía un poco de soledad en el fondo de su corazón.

—Es verdad, no siempre es fácil asumir la soledad —dijo imprudentemente el príncipe Detcheu Sangpo, lleno de empatía por el mendigo.

Se mordió la lengua pero… ¡demasiado tarde! La bolsa que llevaba a la espalda se abrió sola y por ella se escapó el prisionero, el cadáver de Ngodrup Dorjé. Y con gran entusiasmo gritó:

—¡Y éste es un tortazo por haber respondido a mis palabras! —Y desapareció con el viento.

Una vez más, el príncipe se encontró solo en tierra hostil con un enorme sentimiento de culpa y de fracaso. Pero ni su ira ni sus lágrimas cambiarían la situación. Finalmente, el príncipe se recompuso, cogió al toro por los cuernos y se dispuso a cumplir la misión que el lama Geumpo Lodrup le había encargado y volvió a ponerse en camino para capturar «al que realiza todos los sueños».

XIV

La nueva caza del cadáver

Así las cosas, el príncipe Detcheu Sangpo atravesó otra vez el reino para llegar a la India, al lugar donde se encontraban los muertos. En cuanto llegó, lo rodearon cientos de difuntos que se empujaban entre sí y hablaban al mismo tiempo:

—¡Tararí! ¡Tururú! ¡Yo soy el que buscas! ¡Venga, llévame contigo! Siguiendo los consejos del lama, empezó a tocar la frente de los difuntos con el objeto cónico rojo, repitiendo sin cesar «Tú no eres. Tú no eres» y con ello los difuntos huían corriendo. Mirando a su alrededor vio un difunto particular: su parte superior era de oro, la inferior de plata y su melena era completamente turquesa. Como le había advertido el lama, este muerto se subió a un árbol de sándalo de un salto y repetía: «¡Yo no soy! ¡Yo no soy!».

Y el príncipe, como las veces anteriores, tocó levemente el tronco del árbol con el hacha, el cadáver acabó bajando por su propia voluntad, el príncipe lo capturó nuevamente y se dispuso a abandonar de inmediato aquel lugar. Estaba ya más que harto de trajinar el fardo para el lama, con ese peso sobre la espalda, así que iba sombrío y silencioso.

El decimoctavo día, cuando el príncipe se disponía a atravesar nuevamente la gran llanura desierta, Ngodrup Dorjé empezó a hablar con una vocecilla dulzona:

—En esta región hostil no hay nadie y no vas a encontrar ni un solo sitio donde descansar, ni siquiera un sitio pequeñito como la caca de un ratón. Para que esta travesía nos resulte más agradable, te propongo dos soluciones. Tú, que estás vivo, puedes contarme una historia. O bien yo, que ya estoy muerto, puedo contarte otra.

El príncipe se guardó mucho de abrir la boca, y sin esperar respuesta alguna, el muerto se puso a contar las nuevas aventuras del mendigo.

XV

El mendigo se casa

Solo de nuevo, el mendigo iba de pueblo en pueblo y seguía llevando una vida de total libertad. A pesar de sus nuevos poderes, obtenidos gracias a los objetos arrebatados a la gente incauta que había encontrado en su camino, llevaba una vida simple y austera.

Una tarde, pasó por un hermoso valle verde por el que discurría un riachuelo. A lo largo de éste se encontraban tres preciosas flores amarillas y rojas. Como cada vez hacía más calor, se detuvo en este agradable lugar y bebió un poco de agua clara y refrescante del riachuelo.

Como estaba un poco cansado, se tumbó en la hierba y cerró los ojos para reposar. De repente, escuchó el batir de las alas de dos cornejas que se posaron cerca del riachuelo, donde siempre había insectos para picotear. Y picoteando por aquí y por allá, los dos pájaros se pusieron a contarse secretos. Uno de ellos dijo:

—Los humanos no lo saben, pero si se toca a alguien con esta flor roja, lo transforma en mono.

El otro, a su vez, desveló su secreto:

—Pues nadie sabe que para transformar al mono en humano hay que tocarlo con esta flor amarilla.

—Sí, sí –dijo el primero–, estas cosas deben permanecer en secreto por siempre.

Y una vez saciada su hambre, las cornejas echaron a volar de nuevo.

El mendigo había escuchado y comprendido cada una de las palabras. Tan nervioso como contento por aquello de lo que se había enterado, se llevó una flor roja y otra amarilla con él. Y así continuó su camino a través de los altiplanos del Tíbet hasta llegar a un pueblo donde la hija única de una rica familia se enamoró perdidamente del mendigo que llevaba una vida libre y aventurera.

Aunque compungidos por dejar que se fuera la niña de sus ojos, los padres no podían rechazar al mendigo. Tras una boda por todo lo alto, donde todo el pueblo estuvo invitado, que duró siete días y siete noches, el joven mendigo prometió a su joven esposa llevarla muy lejos de su pueblo, a una isla desierta bañada por el mar.

Una noche, la hizo subirse con él en el bastón mágico y, en un instante, llegaron al lugar prometido. La joven esposa estaba muy intrigada y le hizo muchas preguntas a su marido que, evidentemente, no desveló su secreto. En ese lugar llevaron una vida fantástica porque no les faltaba de nada: siempre tenían comida en abundancia y bebidas de todo tipo, todo lo que deseaban lo tenían, y para no caer en el aburrimiento, el mendigo regalaba bonitos vestidos y adornos a su mujer.

Hasta que un día, la mujer empezó a hacerle preguntas:

Maridito mío, ¿qué secreto me ocultas? ¿De dónde viene nuestra riqueza, cuáles son las virtudes del bastón mágico?

Pero el marido no le contestaba nada por el momento, y dado el empecinamiento de la esposa, le prometió compartir su secreto en el momento adecuado.

Lo que pasó después es que la esposa quedó encinta y dio a luz a una preciosa niña. Desbordante de felicidad con su hermoso bebé, el mendigo bajó la guardia, perdió la prudencia y la esposa aprovechó para sacarle información sobre el poder del bastón y del saco. Una vocecita interior le decía al mendigo que no hablara nunca del sombrero ni de las flores.

Un triste día, mientras él estaba fuera, la esposa cogió el saco, a la niña y el bastón, y regresó a su casa paterna dejando al pobre marido solo en la isla desierta. De vuelta a casa, el mendigo se vio completamente solo y comprendió que su esposa se había ido con la nena, llevándose el bastón y el saco. Todas sus lamentaciones por haberse ido de la lengua desvelando el secreto y toda la rabia que sentía hacia la esposa no sirvieron de nada. Estaba solo, completamente solo en una isla desierta en medio del mar. Se sentía profundamente desgraciado por haber sido engañado tan vergonzosamente por la mujer a la que amaba.

Pensando en el modo de abandonar la isla, no se le ocurría ninguna idea, ninguna solución. Estaba tan desesperado que pensó en quitarse la vida. Caminó hacia un lugar elevado, encima de un acantilado, para tirarse desde allí. Entonces escuchó los gritos angustiados de unos pollitos, justo debajo de él. Los gritos provenían de un nido que estaba en la fachada rocosa del precipicio. En cuanto los divisó, vio una serpiente que se acercaba a los pollitos para comérselos. Olvidando sus penas por un momento, el mendigo no pensó en otra cosa que en ayudar a los pollitos indefensos. Cogió una piedra grande, se la lanzó a la serpiente con precisión y ésta cayó al vacío en dirección a las aguas del mar.

Aliviado y contento por haber conseguido salvar la vida de los pollos, escuchó un extraño sonido en el cielo y se vio repentinamente atacado por las garras de un pájaro enorme. ¡Qué susto! Casi se le para el corazón de la impresión. Esa criatura debía de ser la madre de los pollitos, que creía que el hombre les iba a hacer daño.

—¡Mamá, mamá, deja a ese hombre tranquilo! ¡Es nuestro salvador! ¡Ha matado a la serpiente mala que nos quería comer! –gritaban los pollitos a coro.

Entonces la mamá pájaro se calmó y se posó junto a sus hijos para escuchar mejor la historia del ataque de la serpiente. Comprendió lo que había pasado y se dirigió al hombre, que seguía en estado de *shock*. La mamá pájaro se disculpó por el error y le agradeció infinitamente que hubiera salvado a sus polluelos. Para probarle su profundo reconocimiento, le prometió cumplirle su deseo más intenso. El hombre, víctima de su desleal esposa, no tuvo que pensar mucho tiempo para solicitar que lo llevara a la tierra de sus suegros, donde estaba seguro de encontrar a su esposa y a su hija.

A penas hubo manifestado su deseo, el pájaro se puso al salvador de sus pollos en la espalda, se elevó majestuosamente por los aires, atravesó los mares y llegó en poco tiempo a su destino. Antes de dejarlo, el pájaro le regaló algunas de sus hermosas plumas y le dijo:

—Querido amigo, si un día te encuentras en gran peligro, quema una de mis plumas y volaré de inmediato en tu auxilio.

Conmovido, el mendigo aceptó el regalo y se separó del pájaro cordialmente.

El mendigo se puso el sombrero mágico en la cabeza y, una vez invisible, entró en la casa de sus suegros donde vivía su desleal esposa. Sin tardanza, la tocó con la flor roja y la transformó, sin misericordia, en una mona, y luego se fue, siempre invisible. Aterrorizada por lo que le acababa de pasar, la mujer convertida en mona gritaba horripilantemente, saltando por toda la casa, rompiendo todo lo que encontraba en su camino, incluso hiriendo a los miembros de su familia. Rápidamente tuvieron que encerrarla en una jaula para evitar males mayores.

—¡Oh, qué terrible venganza! –exclamó el príncipe atrapado por la angustiosa historia y olvidando, una vez más, que no debía abrir la boca.

¡Y otra vez! La bolsa que llevaba a la espalda se abrió sola y dejó escapar al prisionero, el cadáver de Ngodrup Dorjé. Y con gran entusiasmo gritó:

—¡Y éste es un tortazo por haber respondido a mis palabras! –Y desapareció con el viento.

El príncipe volvió a encontrarse solo en tierra hostil con un enorme sentimiento de culpa y de fracaso.

—¡Nga kougpa! ¡Qué idiota soy! –gritó lleno de ira hacia sí mismo.

Pero ni su ira ni sus lágrimas cambiarían la situación. Finalmente, el príncipe se recompuso, cogió al toro por los cuernos y se dispuso a cumplir la misión que el lama Geumpo Lodrup le había encargado y volvió a ponerse en camino para capturar «al que realiza todos los sueños».

XVI

La nueva caza del cadáver

Así las cosas, el príncipe Detcheu Sangpo atravesó otra vez el reino para llegar a la India, al lugar donde se encontraban los muertos. Gracias al objeto cónico que le dio el lama, descartó muchos de los cadáveres que estaban tratando de hablar con él, hasta que vio uno muy diferente de los demás: su parte superior era de oro, la inferior de plata y su melena era completamente turquesa. Este último huyó a la cima de un árbol de sándalo, pero el príncipe, gracias a la fuerza persuasiva del hacha mágica, logró fácilmente apoderarse del cadáver, que no era otro que Ngodrup Dorje. Esta vez, el príncipe estaba decidido a mantenerse en silencio, sin importar lo que el espíritu maligno le dijera.

El vigésimo primer día, cuando el príncipe se disponía a atravesar nuevamente la gran llanura desierta, Ngodrup Dorjé empezó a hablar con una vocecilla suave y agradable:

—En esta región hostil no hay nadie y no vas a encontrar ni un solo sitio donde descansar, ni siquiera un sitio pequeñito como la caca de un ratón. Para que esta travesía nos resulte más agradable, te propongo dos soluciones. Tú, que estás

75

vivo, puedes contarme una historia. O bien yo, que ya estoy muerto, puedo contarte otra.

El príncipe, en guardia, no quiso decir ni pío y, sin esperar respuesta alguna, el muerto se puso a contar cómo seguían las aventuras del mendigo.

XVII

El restablecimiento de la justicia

Pues bien, la familia política y el pueblo entero estaban aterrorizados con lo que acababa de sucederle a la joven mujer y nadie sabía cómo calmar la mona ni cómo conseguir que se volviera a transformar en humana. El mendigo dejó pasar tres largos meses para castigar a su esposa. Finalmente, se disfrazó de gran maestro espiritual, quemó una de las plumas del pájaro gigante y se hizo llevar por él hasta el centro del pueblo de sus suegros. Todo el mundo creyó que se trataba de un milagro y pensó que aquel maestro debía de ser el mismo Buda que bajaba de los cielos. La gente se postró en el suelo ante semejante fenómeno y recitaron muchos mantras.

El falso maestro se hizo colocar en el tejado de la casa de sus suegros y fue acogido con extrema devoción por éstos, que en ningún momento lo reconocieron. Honrados por tan ilustre visita y llenos de esperanza por recibir algún tipo de ayuda maravillosa, los suegros mostraron a la mona encerrada en la jaula y explicaron lo que había pasado. El falso maestro hizo su papel y tras un largo silencio dijo:

—¡Hum! Veo que vuestra hija tiene un marido estupendo al que le ha causado un daño irreparable. Ella le ha robado objetos de sumo valor. ¡Si no se le devuelven inmediatamente, todos seréis convertidos en monos!

Estas palabras causaron un tremendo impacto en la aterrorizada familia. Los suegros reflexionaron un rato sobre lo que su hija había traído cuando regresó con ellos:

—Nosotros sólo le vimos un bastón y un saco, nada más.

Feliz por saber que sus objetos estaban allí, el mendigo disfrazado de gran maestro pidió que le dieran a él las pertenencias y dijo:

—En efecto, creo que se trata de esas dos cosas. En este momento no tenéis nada que temer ¡Yo puedo ayudaros! Traedme a la mona para que la transforme en humana.

La familia, feliz, aceptó y le dio a la mona. A una cierta distancia del pueblo, el falso maestro espiritual tocó a la mona con la flor amarilla y de inmediato se convirtió en la joven mujer con la que un día se había casado.

Pletórica de alegría, se lanzó al suelo delante del gran maestro, lloró de alegría y le dio las gracias de todo corazón. En ese momento, el mendigo se quitó el disfraz y reveló su verdadera identidad. Cuando la mujer se puso en pie, se moría de vergüenza al verse ante su marido del que tan fríamente abusó. Con mucha pena le pidió perdón mil veces.

Pero a él le interesaba dónde estaba su hija. Temblando, la madre explicó que cuando ambas viajaban en el bastón, la nena se le cayó de los brazos. Cayó al vacío y murió del impacto. Infinitamente triste por esta noticia y lleno de ira contra la madre, por considerarla responsable de la muerte de la niña, le dio un bastonazo. A pesar de ello, la esposa dijo:

—Querido esposo, no sabes cuánto lamento lo sucedido. Te pido perdón. Te ruego que me aceptes contigo otra vez porque no quiero estar en casa de mis padres, viviendo entre tristeza y sufrimiento.

El mendigo respondió:

—Te tomé una vez porque me dijiste que querías vivir una vida libre y llena de aventuras. Luego me engañaste, me robaste y me abandonaste por gusto, regresando a casa de tu familia. Deduzco, entonces, que prefieres el sufrimiento a la felicidad. ¡No cuentes conmigo para nada, no quiero saber nada de ti!

En ese momento, el cadáver hizo una larga pausa bien meditada, muy dramática y el príncipe, llevado por la emoción del relato, exclamó:

—¡Qué mujer tan estúpida! No se dio cuenta de que… –se interrumpió de inmediato, pero era demasiado tarde.

Nuevamente, la bolsa que llevaba a la espalda se abrió sola y dejó escapar al prisionero, el cadáver de Ngodrup Dorjé. Y con gran entusiasmo gritó:

—¡Y éste es un tortazo por haber respondido a mis palabras! –Y desapareció con el viento.

Detcheu Sangpo volvió a encontrarse solo en tierra hostil con un enorme sentimiento de culpa y de fracaso. Pero ni su ira ni sus lágrimas cambiarían la situación. Finalmente, el príncipe se recompuso, cogió al toro por los cuernos y se dispuso a cumplir la misión que el lama Geumpo Lodrup le había encargado y volvió ponerse en camino para capturar «al que realiza todos los sueños».

XVIII

La nueva caza del cadáver

De este modo, otra vez, el príncipe se llenó de determinación y atravesó otra vez el reino para llegar a la India, al lugar llamado Silwaytsel, donde se encontraban los muertos. Descartando los muchos cadáveres que se agitaban a su alrededor tocándolos en la cabeza con el objeto cónico rojo, finalmente vio a su objetivo, Ngodrup Dorjé: su parte superior era de oro, la inferior de plata y su melena era completamente turquesa. Tan pronto como le vio, dicho muerto se subió a un árbol de sándalo diciendo «¡Yo no soy, yo no soy!».

Pero una vez más, muy seguro de sí mismo, finalmente descendió del árbol y acabó dentro de la bolsa que el príncipe ató fuertemente con la cuerda mágica.

El vigésimo cuarto día, cuando el príncipe se disponía a atravesar nuevamente la gran llanura desierta, Ngodrup Dorjé empezó a hablar con una vocecilla suave y agradable:

—En esta región hostil no hay nadie y no vas a encontrar ni un solo sitio donde descansar, ni siquiera un sitio pequeñito como la caca de un ratón. Para que esta travesía nos resulte más agradable, te propongo dos soluciones. Tú, que estás

vivo, puedes contarme una historia. O bien yo, que ya estoy muerto, puedo contarte otra.

El príncipe, en guardia, no quiso decir ni pío, y sin esperar respuesta alguna, el muerto se puso a contar cómo seguían las aventuras del mendigo, justo donde se había quedado.

XIX

El mendigo se reencuentra con sus amigos

Liberado de su desleal esposa, el joven mendigo siguió su camino a través de los altiplanos del Tíbet. Un día sintió la irresistible necesidad de volver a ver a sus amigos, que había ido dejando en diferentes pueblos con sus respectivas familias.

Así, empezó llegando a la región donde dejó al hijo del rey. A lo lejos vio un rebaño de corderos con su pastor y decidió dirigirse a él para pedirle noticias de su amigo. Mientras conversaban, descubrió con sorpresa que el pastor mismo era el hijo del rey. Su cara se había quemado con el sol y su hermoso cuerpo, antes fuerte y resistente, era ahora débil y flaco a causa de la mala comida que le daban. ¡Había cambiado tanto que el mendigo no lo había reconocido! Entonces supo que, al principio de su matrimonio, al hijo del rey no le faltó de nada y llevaba una vida feliz al lado de su mujer con su familia política. Pero con el tiempo, ella fue faltándole al respeto cada vez más, empezó a darle comida infame, cambió su ropa real por ropa de pastor y acabó echándolo de casa para que cuidara el rebaño en la montaña.

Para el pastor fue una enorme alegría reencontrarse con su amigo después de haber sufrido tantas malas experiencias. El mendigo prometió ayudarlo utilizando la astucia, pero le pidió que no le explicara nada a nadie y que no se sorprendiera con nada de lo que iba a ver. Para alimentar a su pobre amigo, el mendigo sacó de su bolsa mágica un festín de ocho platos, cada cual más suculento. Saciados, se quedaron dormidos juntos, rodeados por los corderos. Esa noche, el pobre pastor pensó que el cielo parecía más claro que de costumbre, con tantas estrellas, y que los budas le sonreían desde lo alto.

A la mañana siguiente, muy temprano, se despidieron como si nada. Llegado al pueblo, el mendigo se puso el sombrero e, invisible para todos, entró en casa de los suegros de su amigo. Como hizo con su propia esposa, tocó a la mujer del amigo con la flor roja y la transformó inmediatamente en mono. Ella, aterrorizada, saltaba en todas direcciones rompiendo todo lo que encontraba a su paso e hiriendo a todo el que se cruzaba en su camino. La familia, estupefacta, no sabía qué hacer y sólo se les ocurrió encerrarla en una jaula por su propia seguridad y la de todos.

El mendigo, siempre invisible gracias al sombrero mágico, dejó la casa y llamó a su amiga, el pájaro gigante, quemando una de las plumas que le había dado. Entonces se disfrazó de gran maestro espiritual, se subió encima del pájaro y sobrevoló el pueblo. Todo el mundo creyó que se trataba del mismo Buda que descendía de los cielos, y empezaron a quemar varas de incienso rezando con fervor y prosternados en el suelo. El pájaro se posó sobre el tejado de los suegros de su amigo y el falso maestro bajó, donde fue acogido con deferencia. La familia no lo reconoció en absoluto.

Honrados por semejante visita y llenos de esperanza por recibir una ayuda que podría ser decisiva, los anfitriones enseñaron al gran maestro espiritual la jaula con la mona dentro y le contaron lo que había pasado. El falso maestro espiritual hizo bien su papel y tras un largo silencio dijo:

—¡Ajá!… Veo que vuestra hija tiene un marido maravilloso, al que entre todos habéis causado un enorme perjuicio. Por eso los espíritus de la región han castigado a vuestra hija transformándola en mona. Si no pedís perdón a vuestro yerno y no le devolvéis el lugar que legítimamente le corresponde en la familia, corréis el riesgo de, tarde o temprano, convertiros en monos todos vosotros.

Esto tuvo un gran efecto en la familia que, desesperados, llamaron al pastor. Le devolvieron sus ropajes reales, le pidieron perdón y le prometieron que le honrarían como le correspondía.

Entonces, el falso lama cogió la flor amarilla, tocó a la mona y la devolvió a su aspecto humano. Ella prometió amar y honrar a su marido por siempre. Feliz por haber ayudado a su amigo, el mendigo retomó su camino. A pesar de una difícil despedida, su enorme amistad permaneció intacta.

De camino, el mendigo se preguntó qué habría sido de su amigo el hijo de familia rica. Así que decidió ir a visitarlo. Sin embargo, cuando llegó a la región en que éste vivía, encontró una situación análoga.

También estaba siendo maltratado por su familia política. Poco después de la boda, sólo tuvo sufrimientos. El mendigo le prometió ir en su ayuda y restablecer la situación inicial. Procedió del mismo modo que con su esposa y con la esposa del hijo del rey. Invisible con su sombrero mágico, entró en la casa y transformó la mala mujer en mono, tocándola con la flor roja.

Nuevamente, el mendigo apareció disfrazado de gran maestro espiritual, en mitad de una familia en estado de *shock*. Y, como antes, prometió salvar a la mujer si ella y su familia honraban y trataban correctamente al marido. Así, cuando el hombre recuperó un lugar digno y respetado en el seno familiar, el falso maestro espiritual tocó a la mona con la flor amarilla y la convirtió en mujer, la cual, feliz y agradecida, honró y respetó a su marido para siempre.

A pesar de la difícil despedida, los dos amigos se separaron felices con su profunda amistad.

El mendigo, libre de su disfraz, volvió a partir en busca de su tercer amigo, el huérfano. Éste había sufrido el mismo trato que los precedentes. Tras un breve período feliz en su familia política, lo pusieron a ocuparse de los asnos, le daban poca comida, poca bebida y tenía que vestirse con harapos mugrientos. Cuando los dos amigos se reencontraron, el mendigo le prometió ayuda utilizando la astucia. Hizo exactamente las mismas cosas que con los otros amigos hasta que el huérfano recuperó el lugar que merecía en la familia, con una esposa comprometida a honrarlo y respetarlo para siempre.

Contento por haber conseguido ayudar a sus tres amigos, restableciendo el honor de éstos y la paz familiar gracias a sus astucias y a sus objetos mágicos, el mendigo siguió su camino en soledad, atravesando los altiplanos del Tíbet.

Maravillados por el encanto de la personalidad del mendigo, el príncipe olvidó toda prudencia y exclamó:

—¡Pero ese mendigo es un auténtico bodhisattva!

Se mordió el labio, pero ¡demasiado tarde! La bolsa que llevaba a la espalda se abrió sola y dejó escapar el cadáver de Ngodrup Dorjé. Y con gran entusiasmo gritó:

—¡Y éste es un tortazo por haber respondido a mis palabras! —Y desapareció con el viento.

El príncipe volvió a encontrarse solo en tierra hostil con un enorme sentimiento de culpa y de fracaso. Pero ni su ira ni sus lágrimas cambiarían la situación. Finalmente, el príncipe se recompuso, cogió al toro por los cuernos y se dispuso a cumplir su misión, volviendo a encaminarse hacia la India, al lugar conocido como Silwaytsel, para capturar «al que realiza todos los sueños».

XX

La nueva caza del cadáver

Una vez más, el príncipe Detcheu Sangpo, perseverante y con la firme determinación de recuperar a Ngodrup Dorjé, atravesó todo el reino para llegar a la India, al lugar donde estaban los muertos. Fácilmente reconoció el cadáver que le interesaba, porque era muy distinto a los demás –que se empujaban entre ellos y le gritaban cosas–, con la parte superior de oro, la inferior de plata y la melena de turquesa pura.

Ngodrup Dorjé se refugió nuevamente en la copa de un árbol de sándalo, pero Detcheu Sangpo, gracias al hacha, lo persuadió para bajar, lo cogió, lo metió en la bolsa y la cerró perfectamente con la cuerda mágica.

El vigésimo séptimo día el príncipe estaba atravesando la llanura desértica. Estaba cansado y le dolía todo el cuerpo, cuando Ngodrup Dorjé empezó a hablar con una vocecilla suave y agradable:

—En esta región hostil no hay nadie y no vas a encontrar ni un solo sitio donde descansar, ni siquiera un sitio pequeñito como la caca de un ratón. Para que esta travesía nos resulte más agradable, te propongo dos soluciones. Tú, que estás

vivo, puedes contarme una historia. O bien yo, que ya estoy muerto, puedo contarte otra.

El príncipe, en guardia, no quiso decir ni pío, y sin esperar respuesta alguna, el muerto se puso a contar otra de sus preciosas e increíbles historias de aventuras.

XXI

Los hermanos Darpo

Érase una vez, en un rincón perdido del Tíbet, una familia campesina muy pobre que tenía numerosos hijos, cuyos dos varones se llamaban Darpo, uno nacido en verano y otro en invierno. Los dos hermanos Darpo se llevaban muy bien y eran particularmente cómplices en sus juegos. Si veías a uno de lejos, el otro andaba cerca seguro.

Un día, la madre murió alumbrando al último de los hermanos. Y mira por dónde, al poco, también murió el padre tras un desgraciado accidente de trabajo. Los hermanos y hermanas pequeños fueron adoptados por sus tíos y tías, pero como los dos Darpo eran mayorcitos, tuvieron que componérselas solos. Al estar dotados para entretener a la gente contando historias y cantando canciones, dejaron su pueblo natal para ofrecer sus servicios por los caminos, obteniendo así comida, albergue o modestas sumas de dinero.

Un caluroso día de verano, ambos hermanos se detuvieron no muy lejos de un pueblo pequeño. Como de costumbre, buscaron la fuente del pueblo para refrescarse y beber un poco de agua. Pero el Darpo de verano se acercó a un pozo profundo, perdió el equilibrio y se precipitó al fondo. Su hermano, sorprendido y asustado, no sabía cómo hacer para ayudarlo.

El Darpo de invierno intentó numerosas soluciones durante horas, pero todas fueron en vano. El pozo era muy hondo y no había escalera lo bastante larga como para sacar al hermano. Finalmente, el Darpo de verano gritó que tenía hambre y pidió a su hermano que le consiguiera algo de comida. Como no tenía dinero para comprar comida en el mercado, el Darpo de invierno miró a su alrededor y vio unos árboles con albaricoques cerca de donde estaba. Corrió entonces para coger unos cuantos para su hermano y para sí mismo; lanzó la mitad al pozo a fin de que su hermano no pasara hambre. Pasaron semanas, pasaron meses y los hermanos Darpo permanecieron inseparables, uno en el fondo del pozo y el otro siempre cerca, para alimentarlo.

Pero llegó un día que uno de los huesos de albaricoque arrojados al pozo brotó y fue creciendo hasta convertirse en un hermoso albaricoquero. Aunque fue un hecho bastante milagroso, el Darpo de verano no se hizo muchos planteamientos. Pletórico con semejante milagro de la naturaleza, reunió toda su fuerza para ir trepando por el árbol cada vez más arriba. De este modo consiguió salir del pozo y se salvó a sí mismo. Arriba estaba su hermano Darpo, nacido en invierno, esperándolo con impaciencia para abrazarlo bien fuerte. Ambos hermanos lloraron y rieron al mismo tiempo de alegría y de felicidad. Luego decidieron proseguir su camino contando y cantando su historia personal a la gente que, a cambio de comida o dinero, recibían entretenimiento y diversión.

Evidentemente, el príncipe Detcheu Sangpo, que era hijo único, sintió una embargadora emoción al escuchar la bella historia de esos dos hermanos, y dijo sin pensar:

—¡Oh, qué conmovedor es el amor entre hermanos!

Y en cuanto lo dijo se abrió sola la bolsa que llevaba a la espalda y dejó escapar el cadáver de Ngodrup Dorjé. Y con gran entusiasmo gritó:

—¡Y éste es un tortazo por haber respondido a mis palabras! –Y desapareció con el viento.

Una ira fabulosa iba creciendo en él pero, habida cuenta de sus anteriores experiencias, se tragó la frustración y se dispuso a volver a la India para capturar a Ngodrup Dorjé, «el que realiza todos los sueños».

XXII

La nueva caza del cadáver

A penas llegado a Silwaytsel, el lugar donde se encontraban los muertos en la India, el príncipe se vio rodeado por cientos de difuntos que se empujaban entre sí y hablaban al mismo tiempo:

—¡Tararí! ¡Tururú! ¡Yo soy el que buscas! ¡Venga, llévame contigo!

Pero los iba descartando a todos con el objeto cónico rojo, buscando con la mirada a Ngodrup Dorjé. Viendo a uno de ellos muy distinto –la parte superior era de oro, la inferior de plata y su melena era completamente turquesa–, intentó capturarlo, pero el muerto se subió a un árbol de sándalo de un salto y repetía: «¡Yo no soy! ¡Yo no soy!».

Al príncipe le bastó con tocar levemente el tronco del árbol con el hacha para que bajara solo, y entonces lo capturó y lo metió en la bolsa mágica.

El trigésimo día, mientras estaba atravesando la llanura desértica en silencio, Ngodrup Dorjé empezó a hablar con una vocecilla suave y agradable:

—En esta región hostil no hay nadie y no vas a encontrar ni un solo sitio donde descansar, ni siquiera un sitio pequeñito como la caca de un ratón. Para que esta travesía nos resulte más agradable, te propongo dos soluciones. Tú, que estás vivo, puedes contarme una historia. O bien yo, que ya estoy muerto, puedo contarte otra.

El príncipe permanecía en silencio y, sin esperar respuesta alguna, el muerto se puso a contar lo que aconteció en las vidas de los hermanos Darpo, unidos por su amor fraternal.

XXIII

Los hermanos Darpo y el rey enfermo

Érase una vez un rey, en un país lejano, que sufría permanentemente de terribles dolores de cabeza que no podía soportar. Ningún médico ni chamán del país conseguía curarlo. El rey había intentado curarse con todos los medios que tenían a su disposición, pero en vano.

Desesperado, intentó encontrar ayuda pegando miles de carteles en todas las ciudades y pueblos, en los troncos de los árboles, en los mercados y en los caminos de paso de las caravanas comerciales. El texto de los carteles era siempre el mismo: «La persona que consiga curar el dolor de cabeza del rey, recibirá como recompensa la mitad del reino». Al leer el anuncio, miles de personas que llegaban de diferentes países se desesperaban por llegar frente al rey para intentar curarlo. Entre ellos había grandes profesionales de la medicina, así como magos y chamanes. Todos querían probar suerte. Pasaron semanas, luego meses, sin mejora alguna. Por el contrario, el rey iba de mal en peor y creía que iba a morirse.

Un día, los hermanos Darpo, que cruzaban muchos países en su periplo, vieron uno de estos carteles sobre el rey enfermo. Y esto es lo que pasó cuando atravesaban un denso bosque. Darpo de verano escuchó una voz que parecía provenir de la copa de un árbol. Intrigados, ambos hermanos se pararon a observar atentamente de dónde salía la voz. Para su sorpresa, Darpo de verano se dio cuenta que podía comprender lo que decía el cuervo que estaba en la copa del árbol:

—Es una pena que nadie me comprenda porque yo conozco la solución para el enigma del rey. Tiene escondida en su cabeza una arañita venenosa. Para sacarla existe un método eficaz. El rey debe poner una de sus orejas sobre una tela verde, como si fuera césped. Luego hay que imitar el sonido del trueno moviendo un molino de piedra cerca de la oreja. Para imitar los relámpagos, basta con encender una varilla e incienso y moverla cerca de la oreja. Luego, se sacude una rama de árbol mojada en agua cerca de la oreja para imitar la lluvia intensa. Con esta estratagema, la araña pensará que es una fuerte tormenta de verano y saldrá sola de la cabeza del rey. Pero como los humanos no comprenden la lengua de los cuervos, no puedo ayudarles. ¡Qué lástima! ¡Qué lástima!

Y diciendo esto, arrancó el vuelo dejando a Darpo de verano perplejo por haber comprendido todo lo que decía.

Nervioso, le contó a su hermano lo que había oído, y éste lo miraba incrédulo. Pero sí, era más que probable que durante aquel largo período que había pasado en la oscuridad del profundo pozo, se hubiera transformado la percepción de Darpo de verano, hasta el punto de que ahora gozaba de ese poder especial. Sin tardanza, los dos hermanos se presentaron delante del rey como si fueran poderosos chamanes venidos del rincón más apartado del Tíbet. A pesar de sus múltiples decepciones –porque ningún método parecía ser eficaz hasta el momento–, el rey se dejó impresionar por la elocución, el encanto y las canciones de los hermanos Darpo, y pareció recuperar la esperanza. Ordenó entonces que se les facilitara todos los elementos que solicitasen, minuciosamente, siguiendo las extrañas instrucciones de los hermanos, que seguían al pie de la letra las palabras del cuervo. En efecto, en cuanto la araña salió de la cabeza del rey, en poco tiempo, desaparecieron los dolores de cabeza del monarca. Al cabo de tres días, totalmente recuperado, el rey mantuvo su palabra y con infinita gratitud entregó la mitad del reino a los hermanos, como recompensa. ¡Y eso no fue todo! El rey tenía dos hermosas hijas y se las entregó en matrimonio a ambos.

Convertidos ya en nobles y ricos, éstos decidieron seguir viviendo juntos, y cuando el rey murió de viejo, los hermanos se repartieron el poder del reino y fueron una fuente de inspiración para todos sus súbditos.

—¡Qué suerte tuvieron, dentro de su desgracia, los hermanos Darpo! –exclamó el príncipe sin reflexionar.

A penas pronunciadas esas palabras, se abrió la bolsa que llevaba a la espalda y dejó escapar el cadáver de Ngodrup Dorjé. Y con gran entusiasmo gritó:

—¡Y éste es un tortazo por haber respondido a mis palabras! –y desapareció con el viento.

Terriblemente consciente de su enésimo fracaso, el príncipe se dio la vuelta con perseverancia para regresar a Silwaytsel, prometiendo no volver a errar.

XXIV

La nueva caza del cadáver

El príncipe Detcheu Sangpo volvió a atravesar todo su reino hasta llegar a la India, donde se encontraban los muertos. En cuanto llegó lo rodearon numerosos difuntos que se empujaban entre ellos y hablaban todos a la vez:

—¡Tararí! ¡Tururú! ¡Yo soy el que buscas! ¡Venga, llévame contigo!

Entonces le príncipe cogió el objeto cónico de color rojo y fue repitiendo «Tú no eres. Tú no eres» y con ello los difuntos huían corriendo. Hasta que vio un muerto con una apariencia diferente: su parte superior era de oro, la inferior de plata y su melena era completamente turquesa. Éste se subió a un árbol de sándalo de un salto y repetía: «¡Yo no soy! ¡Yo no soy!».

Y ya sabemos lo que pasó: con el hacha, el príncipe persuadió al muerto para que bajara, hasta que lo capturó y lo metió en el saco, bien cerrado con la cuerda.

Se echó el saco a la espalda y reemprendió el regreso hacia el lama.

El trigésimo tercer día, atravesando la llanura desértica en silencio, Ngodrup Dorjé empezó a hablar con una vocecilla suave y agradable:

—En esta región hostil no hay nadie y no vas a encontrar ni un solo sitio donde descansar, ni siquiera un sitio pequeñito como la caca de un ratón. Para que esta travesía nos resulte más agradable, te propongo dos soluciones. Tú, que estás vivo, puedes contarme una historia. O bien yo, que ya estoy muerto, puedo contarte otra.

El príncipe sabía lo que le esperaba si abría la boca y, sin esperar respuesta alguna, el muerto se puso a contar una historia tan hermosa como las anteriores.

XXV

El tigre Nana

Érase una vez un hombre perseguido por un tigre feroz llamado Nana. Para escapar, el hombre se subió a un árbol cercano. Sin piedad, el tigre quiso agarrarlo por el pie derecho y, sacando fuerzas de flaqueza, el hombre subió un poco más alto, hasta la copa. Las grandes fauces abiertas del feroz tigre, en lugar de cerrarse en el pie del hombre, mordieron una rama que se astilló, y el tigre no pudo desengancharse. Un dolor agudo e insoportable se difundió por su boca y cuanto más se sacudía para liberarse, más se le clavaba la astilla. La sangre empezó a brotarle de la boca y le caía por el musculado cuello y el vientre vacío.

Nana aulló de dolor y suplicó al hombre que lo ayudara. Viendo una bestia tan noble y hermosa sufriendo de ese modo, el hombre sintió cómo su corazón se llenaba de compasión, al tiempo que desaparecía el terror. Bajó rápidamente del árbol y liberó al tigre como pudo, arrancándole la astilla que atrapaba las fauces en el árbol. Una vez liberado y cuando recuperó la presencia de ánimo, el tigre saltó sobre el hombre para comérselo. Éste, completamente estupefacto, dijo:

—¡Acabo de salvarte la vida! ¿Cómo puedes ser tan desagradecido, cómo se te ocurre comerme?

Nana, que sólo conocía la ley del más fuerte, no entendía nada de agradecimientos ni sabía lo que era la compasión. Tenía su propia visión de las cosas y el hombre gritaba lamentándose de haberlo ayudado. Empezaron a discutir acaloradamente un buen rato cuando, por casualidad, pasó una liebre y los escuchó, se acercó a ellos y les preguntó por qué se estaban peleando. Contento por tener alguien a quien explicarle su drama, el hombre le contó emocionado lo que había pasado. Con mucha astucia, el animal de largas orejas ponía cara de no entender completamente el problema. Les pidió entonces que se colocaran en la posición en la que estaban previamente para comprender mejor la situación concreta. En ese momento, el hombre comprendió la estrategia de la liebre y subió a la copa del árbol, mientras que Nana, tan feroz como tonto, saltó con la boca abierta como la primera vez y se clavó la astilla de la rama. Otra vez, la bestia gritó de dolor y rogó al hombre que lo ayudara. En ese momento, la astuta liebre dijo serenamente:

—Ya está. La situación anterior a la disputa está restablecida. Ahora tenéis una segunda oportunidad para reflexionar sobre lo que vais a hacer.

—¡Le está bien empleado al tigre Nana! –dijo imprudentemente el príncipe Detcheu Sangpo.

En cuanto pronunció esas palabras, se abrió la bolsa que llevaba a la espalda y dejó escapar el cadáver de Ngodrup Dorjé. Y con gran entusiasmo gritó:

—¡Y éste es un tortazo por haber respondido a mis palabras! –Y desapareció con el viento.

Otra vez estaba el príncipe solo. Lleno de rabia y de coraje, recuperó las fuerzas y con toda paciencia se dispuso a regresar a Silwaytsel, prometiendo capturar al muerto y no volver a errar en el camino de vuelta hacia la gruta del lama.

XXVI

La nueva caza del cadáver

Pensando en sus continuos fracasos, el príncipe Detcheu Sangpo volvió a atravesar todo su reino hasta llegar a la India, donde se encontraban los muertos. En esta ocasión no perdió mucho tiempo descartando difuntos que intentaban hablarle y agarrarlo, atrajo a Ngodrup Dorjé y lo hizo bajar del árbol de sándalo.

Los capturó y lo metió en la bolsa cerrándola firmemente, pensando que debería cerrar la boca con igual firmeza; así, partió hacia la gruta, en el Tíbet, para depositar el muerto ante su venerado lama. Así fue como en trigésimo sexto día, atravesando la llanura desértica en silencio, Ngodrup Dorjé empezó a hablar con una vocecilla suave y agradable:

—En esta región hostil no hay nadie y no vas a encontrar ni un solo sitio donde descansar, ni siquiera un sitio pequeñito como la caca de un ratón. Para que esta travesía nos resulte más agradable, te propongo dos soluciones. Tú, que estás vivo, puedes contarme una historia. O bien yo, que ya estoy muerto, puedo contarte otra.

El príncipe no quiso abrir la boca y el muerto se puso a contar una encantadora historia.

XXVII

El palafrenero que nunca mentía

Érase una vez, en las altas montañas del Himalaya, dos clanes que se observaban el uno al otro para saber cuál de ellos tenía mayor número de caballos, bueyes, corderos, riquezas y los hombres más valerosos y más fuertes. Nunca se comportaban mal los unos con los otros. Nunca había cambios en sus relaciones, que eran semejantes a los pinos, verdes siempre, en verano y en invierno. Ambos clanes vivieron en paz durante generaciones.

Un día, sin embargo, el jefe del clan del Valle Alto tuvo un mal pensamiento: reflexionó sobre la forma de procurarse todas las posesiones y riquezas del clan del Valle Bajo. Este oscuro pensamiento se impregnó en su mente como la sombra está unida al cuerpo. Y entonces, sin una razón concreta, se fue en busca del clan de Valle Bajo. Su idea secreta era enterarse claramente de todo lo que poseía el otro clan.

Una noche, tras haber bebido mucho, le dijo al jefe del clan de Valle Bajo que sería conveniente que se conocieran en profundidad. Le contó entonces cómo se hizo rico y luego le pidió la relación de riquezas que poseía. El otro jefe le respondió encantado, con cierto orgullo y placer, que poseía un caballo excepcional que estaba dotado con los ojos de un *kyung* –un buitre mítico–; ese caballo era primo del rey de los nagas. Cuando alguien lo cabalgaba, era más rápido que el viento. Su torso era más potente que un tsunami.

—¡Y además tengo un palafrenero que no miente jamás! –dijo el jefe del clan del Valle Bajo.

Incrédulo, el jefe del clan del Valle Alto le dijo:

—¡Qué me dices! Es posible que tengas un caballo fuera de lo común, no lo dudo, pero ¿quién iba a creer que tienes un palafrenero incapaz de mentir?

Y entonces, el jefe del clan del Valle Alto lanzó un desafío:

—Vamos a apostar sobre la honestidad de tu palafrenero. Si realmente no miente jamás, te daré la mitad de mis tierras, de mis caballos, de mis riquezas, de mis posesiones, de mis corderos y de mis sirvientes. En caso contrario, serás tú el que me entregue la mitad de tus posesiones.

De este modo, ambos jefes firmaron un documento confirmando el desafío, en presencia de ambos clanes y de todos los vecinos.

El palafrenero en cuestión estaba metiendo los caballos en un cercado de nómadas. Por la noche, una mujer muy guapa fue a buscarlo a su pradera. Le dijo que se había perdido y que le permitiera pasar la noche con él. El palafrenero, tan honesto como generoso, le dio hospitalidad durante tres o cuatro noches. Poco a poco, ella fue prestando servicios hasta resultar indispensable. Ayudó a tejer una tienda negra de nómada, a base de pelo de yak, llevaba el ganado a pastar por la mañana y lo traía por la noche, cocinaba y hacía todo tipo de tareas cotidianas. En ningún momento hablaba de su marcha. El palafrenero no había sido tan feliz en su vida. Y a él le parecía bien porque quería quedarse con la bella mujer para siempre. A partir de ese momento, sólo vivió momentos felices y parecía Año Nuevo cada día.

El tiempo fue pasando. Una noche, bajo la tienda negra, el palafrenero vio cómo su bella compañera se retorcía de dolor, como en un terrible martirio. Lleno de compasión, le preguntó que podía hacer por ella, si necesitaba que le trajera algún remedio. Dubitativa, ella confesó que había un remedio pero que él no podría conseguírselo. Dispuesto a lo que fuera, el palafrenero le dijo que haría cualquier cosa por ella, que estaba dispuesto a cortarse un trozo de su propia carne para curarla. Entonces ella le contó que el único remedio para sus males consistía en comerse el corazón de un caballo que tuviera ojos de *kyung*. Tras la terrible confesión, ella continuó doliente y quejumbrosa.

Estupefacto por lo que acababa de escuchar, el palafrenero no sabía qué hacer. Lo primero que pensó es que él no podía tocar al caballo porque era un animal extremadamente valioso en el mundo. Pero la misteriosa enfermedad de la mujer iba empeorando cada día y él era testigo de semejante sufrimiento. Su cabeza parecía una olla de agua hirviendo. Era incapaz de dormir. Una noche, se fue al cercado y se puso a dormir al lado del caballo especial. De repente, escuchó una voz que le dijo:

—No estés triste por mí. He oído todo lo que esa mujer te ha dicho. Escucha ahora lo que yo te digo. Llévame mañana junto a las yeguas para que las engendre y se garantice mi descendencia. Después de eso puedes matarme para salvar a la mujer.

El palafrenero estaba tan sorprendido de oír a un caballo hablar como un humano que rechazó con más fuerza la posibilidad de matarlo. Sin embargo, al día siguiente hizo exactamente lo que el caballo con ojos de *kyung* le dijo que hiciera. Lo llevó con las yeguas. Por la noche fue a buscarlo con la intención de sacrificarlo, pero no pudo hacerlo. El caballo divino se impacientó y pateando en suelo con fuerza le pidió que lo matara de una vez. Con el alma encogida y pensando en el sufrimiento de la mujer, el palafrenero mató al caballo temblando. Después, le llevó el corazón y el hígado, aún calientes, a la hermosa mujer enferma. Se curó de inmediato. Por la mañana, cuando él se fue a llevar los caballos a pastar, la mujer también se fue y nunca más regresó.

Lo cierto es que volvió a casa de su verdadero marido, que la esperaba ya con impaciencia. Y no era otro que el jefe del clan del Valle Alto, que había enviado a su mujer con el palafrenero en misión secreta. A su regreso, la esposa le mostró el corazón y el hígado del caballo divino que habían matado para ella. Completamente satisfecho, el jefe del clan del Valle Alto no perdió el tiempo. Con sus pruebas en la mano, se plantó en casa del jefe de Valle Bajo para decirle que su propio palafrenero había matado a su caballo divino.

Cuando el otro jefe vio el corazón y el hígado del caballo envió un mensajero a buscar al palafrenero. Éste se apresuró a acudir ante el jefe. De camino, reflexionó sobre si su jefe sabría lo que había hecho. Esperaba un enorme castigo. Pensó que, desde el día fatídico, no había tenido ni un solo día de alegría. Su corazón estaba lleno de tristeza y se hacía infinitos reproches por haber matado al magnífico caballo divino con ojos de *kyung*. Se aliviaba pensando que encontraría descanso diciéndole toda la verdad al jefe, deshaciéndose así de tan pesada carga sobre sus espaldas.

Con esos pensamientos en la cabeza, corrió a mayor velocidad para llegar antes ante el jefe. Éste se encontraba en su tienda, rodeado de muchas personas. Delante de todos, el jefe del clan del Valle Bajo le preguntó cómo había cuidado del caballo divino con ojos de *kyung*. El palafrenero le respondió, con toda honestidad, que tuvo que matarlo para curar a una hermosa mujer aquejada de una misteriosa enfermedad. Lleno de remordimientos, le rogó que lo llevara ante un juez para ser condenado por su crimen. Así las cosas, el jefe del clan del Valle Alto y su esposa fueron testigos de la sinceridad del palafrenero. Se quedaron atónitos ante tal rectitud, como si los hubiera fulminado un rayo. «¡Aye yaya!» fueron las únicas palabras que escaparon de sus bocas. En ese momento, el palafrenero se percató de la presencia de la hermosa mujer con la que había estado y vio que era la esposa del jefe del clan de Valle Alto, que lo había puesto a prueba sin que él se diera cuenta. Ante la completa sinceridad del palafrenero del Valle Bajo, el jefe del otro clan tuvo que cumplir con su acuerdo por escrito y ceder la mitad de todas sus posesiones.

Como recompensa a su honestidad, el jefe de Valle Bajo obsequió con gran parte de sus ganancias al palafrenero, que, desde entonces, vivió numerosos años en la opulencia y la felicidad.

En ese momento, a pesar de estar más que escarmentado, al príncipe Detcheu Sangpo se le escaparon unas palabras:

—Me pregunto cuántos potros pudo engendrar el caballo divino antes de morir…

En ese preciso momento, la bolsa que el príncipe cargaba a la espalda se abrió sola dejando escapar a su prisionero, el formidable Ngodrup Dorjé. Y con gran entusiasmo gritó:

—¡Y éste es un tortazo por haber respondido a mis palabras! –y desapareció con el viento.

¡Demasiado tarde! Otra vez estaba el príncipe solo en lugar hostil y con remordimientos, lleno de rabia. Pero sabía que nada cambiaría la situación. Con más paciencia que un santo, retomó el camino de vuelta a la India.

XXVIII

La nueva caza del cadáver

Tras un largo y peligroso viaje, el príncipe Detcheu Sangpo llegó, por fin, a Silwaytsel. En cuanto llegó lo rodearon numerosos difuntos que se empujaban entre ellos y hablaban todos a la vez:

—¡Tararí! ¡Tururú! ¡Yo soy el que buscas! ¡Venga, llévame contigo!

Entonces le príncipe cogió el objeto cónico de color rojo que le había dado el lama y fue repitiendo «Tú no eres. Tú no eres» y con ello los difuntos huían corriendo. Tras unos instantes, miró a su alrededor y vio que uno distinto a los demás: su parte superior era de oro, la inferior de plata y su melena era completamente turquesa. Éste se subió a un árbol de sándalo de un salto y repetía: «¡Yo no soy! ¡Yo no soy!».

Pero el príncipe pudo persuadirlo con el hacha para que bajara, hasta que lo capturó y lo metió en el saco, cerrándolo con la cuerda.

Luego, continuó alegremente el camino hacia la liberación, repitiéndose a sí mismo que, esa vez, no dejaría escapar ningún sonido de sus labios, pasase lo que pasase en el largo viaje de regreso a la cueva.

El trigésimo noveno día, mientras el príncipe atravesaba penosamente la desértica llanura, Ngodrup Dorjé empezó a hablar con una voz suave y encantadora:

—En esta región hostil no hay nadie y no vas a encontrar ni un solo sitio donde descansar, ni siquiera un sitio pequeñito como la caca de un ratón. Para que esta travesía nos resulte más agradable, te propongo dos soluciones. Tú, que estás vivo, puedes contarme una historia. O bien yo, que ya estoy muerto, puedo contarte otra.

El príncipe, sabiendo lo que le esperaba si decía alguna cosa, se mantuvo en silencio, y el muerto se puso a contar una historia tan hermosa como las precedentes.

XXIX

Las tres hermanas

Hace mucho tiempo, en un alto valle apartado, vivían tres hermanas, hijas de un campesino. La mayor se llamaba Serso Kye, «la nacida con dientes de oro». La mediana se llamaba Ngulso Kye, «la nacida con dientes de plata». Y a la pequeña la llamaron Doungso Kye, «la nacida con dientes de nácar». Como solía ser habitual en los pueblos de esa época, apenas nacida la primera niña, la madre volvió a quedarse encinta de la siguiente y, nada más alumbrarla, se vio esperando a la tercera. La cosa podría haber continuado así de no ser por las complicaciones que hubo durante el nacimiento de la benjamina, Doungso Kye, tras el cual la madre murió.

De este modo, las niñas crecieron con su padre, que envejeció prematuramente a causa del sufrimiento por la pérdida de su querida esposa, de la que nunca se repuso. Cuando la hija mayor tuvo edad de casarse, el padre murió súbitamente de un infarto cardíaco. Todo el pueblo se movilizó para ayudar a las tres huérfanas a organizar los funerales según la tradición. Como la familia tenía recursos bastante modestos, pudieron invitar a pocos monjes del monasterio próximo para velar al difunto que, según la tradición tibetana, dura tres días y tres noches. Sus plegarias acompañaron al espíritu del padre en la difícil travesía del *bardo,* que es el estado intermedio en que el difunto va errante durante un máximo de cuarenta y nueve días. Las tres huérfanas respetaron el luto tradicional de un año. En ese tiempo no cantaron, no bailaron y no participaron en fiestas. La gente del pueblo estaba pendiente de ellas y las ayudaban a salir adelante.

Un día, las chicas se enteraron de que había un príncipe llamado Yunna Reylpa, «el de la frente adornada con turquesas», que vivía en un gran castillo en la montaña. La gente del pueblo decía que era muy apuesto, inteligente, de buen carácter y que estaba buscando esposa por todo el reino.

La mayor de las huérfanas, Serso Kye, quiso probar suerte. Una mañana se fue hacia la montaña para intentar encontrar y seducir al príncipe Yunna Reylpa. Siguiendo el único camino que conducía hasta el castillo, llego a un sitio extremadamente estrecho y peligroso que tenía por una parte una alta pared de roca y por la otra un precipicio muy profundo. Allí, Serso Kye vio a un hombre acostado en el suelo que le bloqueaba el paso. Ella se acercó y le espetó:

—¡Ouayé! ¡Levántate y déjame pasar!

El hombre no se movía lo más mínimo, así que la muchacha le dio una patadita para ver si estaba vivo. Entonces el hombre habló una voz adormilada:

—Intenta pasar por un lado y, si no puedes, salta por encima.

Aunque sabía perfectamente que era una falta de respeto pasar por encima una persona, su impaciencia y enojo hacia este borracho le hizo perder toda su buena educación.

Completamente irritada por el descortés comportamiento del individuo, Serso Kye no se lo pensó dos veces y saltó por encima de hombre al tiempo que insultaba a ese desconocido que le impedía pasar, y así siguió su camino sin mirar atrás. Entonces, el hombre se levantó. Era el príncipe Yunna Reylpa disfrazado de hombre corriente. Éste pensó: «Esta chica no es, para nada, la que tiene un karma en común conmigo, y no es a ella a la que quiero regalar joyas y ricos vestidos brocados».

Tras una buena ausencia, Serso Kye volvió a su pueblo sin éxito. Descorazonada, explicó a sus hermanas que no había encontrado ni rastro del príncipe Yunna Reylpa, a pesar de haberlo buscado por todas partes.

Entonces, Ngulso Kye, la segunda hermana, anunció que también quería probar suerte. Una mañana se fue hacia la montaña para encontrar al príncipe Yunna Reylpa e intentar seducirlo. Fue subiendo por el único camino que conducía al castillo y llegó, como su hermana mayor, a una zona extremadamente estrecha y peligrosa, con una alta pared de roca a un lado y un profundo precipicio al otro. Allí, Ngulso Kye vio a un hombre tirado en el suelo que le bloqueaba el camino. Se acercó a él y gritó:

—¡Ouayé! ¡Levántate y déjame pasar!

Como el hombre no se movía, ella le dio una patadita para comprobar si estaba vivo o muerto. Entonces el hombre le respondió con voz adormilada:

—Intenta rodearme. Si no puedes, salta por encima.

Aunque sabía perfectamente que era una falta de respeto pasar por encima una persona, su impaciencia y enojo hacia este vagabundo le hizo perder toda su buena educación.

Completamente irritada por el descortés comportamiento del individuo, Ngulso Kye no se lo pensó dos veces y saltó por encima de hombre al tiempo que maldecía, y así siguió su camino sin mirar atrás. Entonces, el hombre se levantó. Era el príncipe Yunna Reylpa disfrazado de hombre corriente. Éste pensó: «Esta chica no es, para nada, la que tiene un karma en común conmigo, y no es a ella a la que quiero regalar joyas y ricos vestidos brocados».

Tras muchos días de ausencia, Ngulso Kye volvió a su pueblo sin éxito. Descorazonada, explicó a sus hermanas que no había encontrado ni rastro del príncipe Yunna Reylpa, a pesar de haberlo buscado por todas partes.

Doungso Kye, la más jovencita de las tres, intrigada por lo que oía explicar a sus hermanas, quiso probar suerte aunque sólo fuera por ver al legendario príncipe Yunna Reylpa. Una mañana se fue sola a la montaña. Cogió el único camino que llevaba al castillo y llegó al mismo lugar estrecho y peligroso del que habían hablado sus hermanas, con una altísima pared de roca a un lado y un profundo precipicio en el otro. Una vez allí, Doungso Kye se topó con un hombre tirado en el suelo, bloqueándole el camino. Se acercó a él y le dijo:

—¡Ouayé! ¡Levántate y déjame pasar!

Como el hombre no se movía en absoluto, se acercó a él y lo movió suavemente con las manos para ver si estaba vivo o muerto. Entonces el hombre le contestó con voz adormilada:

—Intenta rodearme y, si no puedes, salta por encima.

Sorprendida, Doungso Kye reflexionó un momento sobre lo que debería hacer y, finalmente, respondió:

—No podría rodearte dejándote aquí tirado porque soy una chica respetuosa y jamás saltaría por encima del cuerpo se otro ser humano, así que me sentaré a tu lado hasta que puedas levantarte. Sólo entonces seguiré mi camino.

—¿Y dónde vas? –preguntó el hombre.

—En esa montaña vive le príncipe Yunna Reylpa, según me han dicho. Como dicen que su riqueza y su poder no tienen parangón, y su belleza interior y exterior son legendarias, tengo ganas de verlo aunque sea una vez en mi vida. Así que me dirijo al castillo que hay en la montaña.

Evidentemente, el hombre que estaba tirado en el suelo no era otro que el príncipe Yunna Reylpa, que quería tomar como esposa a una muchacha de buen carácter, respetuosa y de buen corazón. Para no ser reconocido, se había disfrazado de hombre corriente y sometía a la misma prueba a todas las jóvenes que tomaban el camino del castillo. De este modo, podía observar las reacciones de las muchachas y veía de inmediato qué carácter tenían. Cuando escuchó la respuesta de la hermana pequeña sintió una inmensa alegría, aunque la disimuló por el momento. No desveló su identidad y simplemente dijo que ya había descansado bastante y que también reemprendería su camino. Así, se alejó rápidamente y se dirigió a su castillo.

Feliz por poder seguir su camino nuevamente, Doungso Kye siguió su ascenso hacia el castillo. De repente oyó un ladrido y vio de lejos a un perro que le pareció terrorífico. Tuvo miedo porque sabía que los perros de los nómadas son guardianes muy feroces que no dejan que nadie se aproxime a las tiendas de sus amos. Doungso Kye se tranquilizó cuando, al llegar cerca del animal, lo vio atado. Al mismo tiempo, vio unas ropas desgarradas tiradas por el suelo. Reconoció, horrorizada, la polvorienta ropa del hombre que antes le bloqueaba el camino. Pensó de inmediato que el perro había atacado al pobre hombre y lo había matado. En estado de *shock* y presa de una tremenda tristeza, rezó y recitó mantras por la desgraciada víctima, a fin de que ésta tuviera un buen paso al otro mundo y pudiera reencarnarse bien. Durante todo el trayecto fue llorando por el desconocido.

Cuando Doungso Kye llegó al castillo, llorando, se encontró con un simpático criado –que en realidad era el príncipe Yunna Reylpa disfrazado–. Antes de entrar en su castillo, rompió su ropa de hombre corriente para disfrazarse de sirviente. Cuando vio a Doungso Kye tan apenada, le preguntó qué le pasaba. Ella, que no lo reconoció, le explicó por qué había salido de su casa y cómo había sido su curioso y triste viaje. Nuevamente, el príncipe pensó en el alma tan bella que su karma le estaba poniendo delante después de tanto buscar en vano. Sintió una gran felicidad, pero la escondió porque no había llegado el momento de revelar su identidad a la joven.

Para intentar sacar a Doungso Kye de su pena, le dijo que en una vida anterior ese pobre hombre había acumulado mucho mal karma con el perro y que éste debía matarlo en esta vida. En efecto, las sabias palabras salidas de la boca de un simple sirviente hicieron reflexionar a la joven Doungso Kye, que dejó de llorar.

—Mañana el castillo estará de fiesta, vendrán muchos invitados de todo el país y podrás echarle un vistazo al príncipe que, lógicamente, estará presente –le contó el sirviente–. Si quieres, te puedo conseguir un bonito vestido y joyas para que puedas mezclarte entre los invitados.

Era la mejor noticia que podía darle a Doungso Kye, porque podría ver al príncipe, aunque fuera de lejos, y podría contar a sus hermanas todo tipo de detalles que ellas no habían tenido la suerte de contemplar. Estaba tan nerviosa que apenas pudo dormir por la noche. A la mañana siguiente, el servidor le llevó ricos ropajes brocados, preciosas joyas y así ella podría mezclarse entre los invitados.

De repente, llegó el príncipe Yunna Reylpa, que fue anunciado con muchos instrumentos de viento. Fue recibido como debía, con respeto y devoción. Sus magníficos ropajes brocados y sus aderezos de oro cuajados de diamantes, turquesas, coral y perlas que brillaban al sol cuando se sentó en su trono. Con un gracioso gesto, dio la señal para que empezara el espectáculo de música y danza. Luego observó con sumo placer las exhibiciones deportivas en sus diversas competiciones, como levantamiento de piedras, tiro con arco, tiro de lanza, carreras de caballos y muchas otras disciplinas.

Doungso Kye no tenía ojos más que para el hermoso príncipe Yunna Reylpa, al que no reconoció en ningún momento. No le interesaba nada más y, sin darse cuenta, se enamoró profundamente de él. Al final del día, antes de que los invitados se fueran, el príncipe se levantó y se fue. Se cambió de ropa y se disfrazó de criado para ir a ver a la dulce y hermosa Doungso Kye. Le preguntó si le había gustado la fiesta y qué era lo que más le había llamado la atención. Con ojos soñadores, ella respondió que había sido el día más hermoso de su vida porque había podido ver al príncipe en todo su esplendor. El corazón del príncipe le dio un vuelco en el pecho y decidió revelar, por fin, quién era en realidad, pidiéndole que se casara con él allí mismo. Completamente sorprendida y abrumada por la cantidad de acontecimientos encadenados, Doungso Kye empezó a llorar, pero de alegría y felicidad.

—¡Qué buen karma haber encontrado una mujer tan dulce como Doungso Kye! –suspiró el príncipe Detcheu Sangpo sin reflexionar.

¡Qué acababa de decir! Y otra vez se abrió el saco que cargaba a la espalda y salió el cadáver de Ngodrup Dorjé. Y con gran entusiasmo gritó:

—¡Y éste es un tortazo por haber respondido a mis palabras! –Y desapareció con el viento.

El príncipe volvía a encontrarse solo en un sitio hostil, con remordimientos y lleno de rabia. Se sentía muy fracasado pero, a pesar de todo, fue paciente consigo mismo. Con una fabulosa resiliencia y mucha determinación, decidió empezar de nuevo la misión que el lama Geumpo Lodrup le había asignado. Se comprometió a no dejar escapar al astuto muerto y volvió sobre sus pasos hacia Silwaytsel, con el fin de capturar «al que realiza todos los sueños» y llevarlo ante el sabio a su gruta.

XXX

La nueva caza del cadáver

Y una vez más, el príncipe Detcheu Sangpo volvió a atravesar todo su reino hasta llegar a la India, al lugar donde se encontraban los muertos. Impaciente por acabar con el tema, cogió el objeto cónico de color rojo para apartar a los difuntos hasta dar con uno que tuviera una apariencia diferente, con la parte superior de oro, la inferior de plata y la melena completamente turquesa. En cuento lo vio, el muerto se subió a un árbol de sándalo. El príncipe le decía:

—¡Baja al suelo! Si no, cortaré todo el árbol.

Muy seguro de no estar prisionero mucho tiempo, el difunto le contestó:

—Pobre príncipe, te vas a cansar cortando el árbol. Mejor bajo yo solo.

Y así el príncipe lo agarró, lo metió en la bolsa y la cerró inmediatamente con la cuerda mágica.

El cuadragésimo segundo día, estaba el príncipe atravesando la desértica llanura que tantas veces había atravesado ya, cuando Ngodrup Dorjé empezó a hablar con una voz suave y encantadora:

—En esta región hostil no hay nadie y no vas a encontrar ni un solo sitio donde descansar, ni siquiera un sitio pequeñito como la caca de un ratón. Para que esta travesía nos resulte más agradable, te propongo dos soluciones. Tú, que estás vivo, puedes contarme una historia. O bien yo, que ya estoy muerto, puedo contarte otra.

El príncipe guardó silencio, y el muerto se puso a contar una historia hermosa e increíble.

XXXI

El rey de las perlas

Érase una vez un rey y una reina que, de tanto en tanto, se distraían con su bufón. Le llamaban el rey de las perlas porque cada vez que se reía vomitaba numerosas perlas exquisitas. Con el fin de conseguir miles de perlas, el rey hacía venir numerosos artistas que hicieran reír al bufón. Hasta que llegó un día que, en el transcurso de un espectáculo, cuando todo el mundo estaba llorando de risa, el bufón ni siquiera sonreía. Eso fastidió mucho al rey, que creyó que el bufón tenía mala intención. Así que pensó en castigarlo. La noche anterior, cuando el pobre bufón llegaba a su casa, descubrió a su mujer engañándolo con otro hombre. Eso lo sumió en tal depresión que ya nada lo hacía reír.

Tras el espectáculo, en el que no había podido soltar ni una sonrisa, el bufón, temeroso del rey, no quiso ni volver a casa y prefirió quedarse a dormir en las caballerizas. Sin embargo, unos ruidos extraños le impedían dormir. Le parecía que alguien repiqueteaba en un pilar de las cuadras con un bastón de madera. Una voz masculina, impaciente y furiosa, repetía son cesar:

—¡Ella no llega! ¡Ella no llega!

El bufón reconoció la voz del maestro de caballerizas, que se comportaba de manera muy extraña. Rápidamente, el rey de las perlas halló una explicación: desde su escondite oyó los pasos precipitados de una mujer que entraba en las cuadras. Cuando la mujer habló, el bufón reconoció la voz de la reina. A pesar de todas las excusas que presentaba para explicar su retraso, su amante encolerizado le pegó. Luego, como si nada hubiera pasado, se entregó al maestro de caballerizas y engañó al rey ante los incrédulos ojos del bufón.

Asombrado, el bufón pensó que si el rey era traicionado por su propia esposa, ser un cornudo no debía ser tan grave, después de todo. Por eso, esa noche, durmió tranquilamente sobre la paja. Al día siguiente, por la tarde, comió como de costumbre en la mesa real y percibió que la reina estaba muy nerviosa. No comía nada, pero tenía sus palillos perfectamente paralelos, tal como indica la etiqueta de la corte china. Al cabo de un momento, sus palillos se cruzaron por descuido, como si no tuviera costumbre de comer así. Habiéndose dado cuenta del detalle, el rey tocó las manos de su esposa con sus propios palillos, recordándole el protocolo. De repente, la reina empezó a llorar y a gemir, diciendo que el rey le había pegado. En ese momento, el bufón soltó una enorme carcajada, riéndose como un loco, sin poder parar, para asombro de todos los presentes.

Justo en ese momento, se puso a vomitar miles de perlas sobre las que todo el mundo se precipitó para cogerlas. Nadie se preocupó por entender lo que tanta gracia le había hecho al bufón, el llamado «rey de las perlas». A él le hacía gracia que la reina montara ese espectáculo por el suave y disimulado toque protocolario del rey, mientras que no se quejó de la paliza a bastonazos que su amante le dio la noche precedente.

En ese momento, el príncipe Detcheu Sangpo estuvo a punto decir en voz alta lo que estaba pensando:

—¡Menuda comedianta, la reina!

Pero su largo período de entrenamiento y la gran cantidad de fracasos sufridos tuvieron como efecto una vigilancia extrema y bien desarrollada. Recordó todo lo que le esperaba si abría la boca. Se mordió los labios, apretó los dientes y se tragó sus palabras. Siguió tranquilamente su camino sin escuchar los gritos y protestas del cadáver de Ngodrup Dorjé, molesto por la presencia de espíritu de su portador. El bravo príncipe acabó llegando a la gruta del gran maestro Geumpo Lodrup, y sintió un inmenso alivio por haber conseguido, finalmente, sacar adelante su difícil misión.

XXXII

Epílogo

Se cuenta que el príncipe Detcheu Sangpo tuvo graves dificultades para no dejarse embaucar por las historias que le explicaba el cadáver. Tuvo que regresar un montón de veces a la India para volverlo a atrapar. Sus historias eran tan hermosas e interesantes que hacían perder la atención al príncipe, por mucho que se esforzara. Siempre había algún momento de debilidad en que olvidaba la consigna de mantener silencio y acababa respondiendo al astuto muerto. Y este último, una vez liberado, se escapaba y regresaba a la India.

Se dice que tras dieciocho –para otros fueron veinticuatro– largos y peligrosos viajes del Tíbet a la India, el príncipe consiguió capturar el cadáver y llevarlo ante el gran maestro Geumpo Lodrup. Después de pasar tanto tiempo intentando conseguirlo, soltó su pesado fardo ante el anciano con alivio e ilusión.

—¡Por fin! ¡Ya está! –dijo el príncipe creyendo que ya estaba fuera de peligro.

Inmediatamente, se abrió el saco y el cadáver desapareció en menos que canta un gallo en dirección a la India. Pero en anciano sabio de la gruta era un ser excepcional, dotado de una maravillosa intuición. Con un rapidísimo gesto intentó retener al cadáver de Ngodrup Dorjé, sin éxito. Pero, al menos, consiguió arrancarle tres pelos de la cabeza, con su famosa melena turquesa. Gracias a eso, muchas enfermedades incurables del mundo pudieron ser curadas, salvando la vida a millones de personas de todas partes. De este modo, el mal karma del príncipe fue purificado después de tantos esfuerzos.

Finalmente, pudo volver a su casa y encontrarse con sus queridos padres, el rey y la reina. Habían envejecido bastante a causa del sufrimiento que les produjo la repentina desaparición del hijo. Todo el mundo lo daba por muerto. El joven príncipe se había convertido en un hombre fuerte y guapo, de alta estatura y porte real. Cuando se aproximó a su reino y a pesar de su atuendo de viajero, el pueblo lo reconocía al pasar y lo siguieron alegres hasta la entrada del castillo. Rápidamente, la noticia de su regreso se extendió como la pólvora por el país entero y el rumor llegó a oídos de los reyes mismos. Incrédulos, lo esperaron. Locos de alegría por haber recuperado a su amado hijo, organizaron una gran fiesta a la que fue invitado todo el pueblo. Fueron festividades llenas de alegría que duraron siete semanas. Los padres reales escogieron para su hijo una esposa a su altura, guapa, inteligente y de buen corazón. La boda se celebró durante las festividades y el príncipe fue entronizado como nuevo rey. Ése fue el principio de una era de bonanza para todo el mundo.

La pareja real tuvo catorce hijos, todos guapos, inteligentes y buenos como sus padres. A pesar de la dura tarea de dirigir el país para el bien del pueblo, el nuevo rey supo consagrar tiempo a su esposa e hijos. Les contó las hermosas historias que le había escuchado al cadáver de Ngodrup Dorjé, cada vez que tuvo que cargarlo desde la India al Tíbet. Poco a poco, esas historias empezaron a escucharse por todo el castillo, luego por todo el reino y, al final, todo el Tíbet las conocía.

De ese modo las aprendió mi abuela de sus padres, y ella se las contó a mi padre y sus hermanos, y él, a su vez, me las transmitió a mí durante mi infancia en Alemania. Con este compendio, me siento afortunada de poder compartirlas con todos vosotros. Espero que algún día se las contéis a vuestros hijos para que las historias de Ngodrup Dorjé vivan para siempre.

XXXIII

Posfacio

Espero, a través de estos cuentos, haceros descubrir el mundo imaginario del pueblo tibetano, así como algunos aspectos sociales, culturales y espirituales de mi país. Pero también quisiera insistir sobre un aspecto de actualidad que se ha convertido en un apego obsesivo de consecuencias nefastas. En la actualidad, en plena era de Internet y las nuevas tecnologías, no pasa un día en que no oigamos hechos terribles generados por la obsesión hacia el poder, el dinero, el sexo, las pasiones y la perversión en cualquiera de estos ámbitos. Dichos acontecimientos ponen de relieve el grado de ignorancia respecto del camino que conduce a la felicidad y la paz interior perdurable.

A través del cuento tipo podemos descubrir el punto de vista y la aproximación budista frente a la obsesión y el apego, una de las tres causas fundamentales que generan sufrimiento y que empujan a la comisión de actos negativos que producen mal karma.

Buda nos enseñó que no existe un «yo» solo, sin lazos con su entorno. Nada en este mundo existe en sí mismo. Hemos sido creados y existimos interdependientemente, gracias a la combinación de diversas condiciones. El yo tiene, pues, una existencia a nivel de la realidad relativa, pero no en la realidad absoluta. El yo relativo es el que vivimos y experimentamos cotidianamente. Le atribuimos un nombre de pila desde el nacimiento y, poco a poco, nos hacemos la ilusión de que es un yo que existe por sí mismo, sin interconexiones con el entorno. Ésta es una aproximación errónea y peligrosa, porque nos incita a creer en la dualidad y en la separación total entre el yo y los demás. De ello resultan sentimientos opuestos de deseo, apego o aversión, hasta de odio frente a cosas o personas. En la aproximación inversa, que es la budista, se piensa que todo es uno y que todos los fenómenos de este mundo, tanto el yo como los otros, en apariencia separados, no son sino vasos comunicantes. Lo cual nos lleva a reflexionar que si le hacemos daño a alguien, nos lo estamos haciendo a nosotros mismos, y si hacemos el bien, nos lo hacemos también a nosotros.

En ningún caso es mi intención juzgar. Con estas historias, simplemente, quiero poner de manifiesto cómo y a qué velocidad cada uno de nosotros puede caer en un engranaje de apego obsesivo, de deseos, de pasiones, avaricia, orgullo, tristeza o ira, hasta el punto de no ser capaz de dar un paso atrás, de analizar las situaciones correctamente o de reflexionar sobre las consecuencias de nuestros propios actos.

La historia del príncipe Detcheu Sangpo nos enseña que hay muchos medios y recursos interiores que pueden utilizarse con intenciones perversas y destructivas. Tras el reencuentro con el gran maestro y su toma de consciencia, consiguió utilizar dichos medios y recursos para una vida más constructiva y plena de sentido. Si estamos atentos, nos daremos cuenta de que todo lo que nos suponga un problema nos muestra, del mismo modo, una solución. Así, la perseverancia del príncipe, su coraje, su ingenio, su creatividad, su inteligencia, su flexibilidad y su atención le sirvieron para controlar su obsesión, ayudándolo a cumplir su misión y a purificar su mal karma. En el funcionamiento humano todo es útil, todo se recicla ¡nada se tira y nada se inventa! Todo está ahí, al alcance de la mano, delante de los ojos. Si empezamos a integrar y aplicar esta visión profundamente ecológica, constataremos que con menos gasto de energía podemos encontrar soluciones duraderas, que nos permitan crecer y conseguir la paz interior. Esto es algo que está al alcance de todo el mundo, sin importar nuestra etnia, nuestras creencias religiosas, nuestras ideas políticas, nuestra posición profesional o nuestro estatus social. Basta con cambiar nuestra forma de ver las cosas interiormente para transformar nuestras debilidades en fortalezas.

Luchando siempre contra algo, aplicando el modo de exclusión, perdemos energía, tiempo y dinero. No es una estrategia eficaz porque las resistencias se hacen más fuertes. Por ejemplo, todos estamos de acuerdo en decir que sería ridículo negarse a utilizar los cuchillos porque una vez nos cortamos. Aprendiendo a utilizarlos correctamente, superamos la experiencia negativa, valoramos correctamente la utilidad y eficacia de los cuchillos y, a partir de ahí, ampliamos nuestros propios horizontes. No obstante, hay una gran diferencia entre un simple objeto, como un cuchillo, y una cualidad humana. Mientras que el primero se deteriora y su uso acaba con el filo, la segunda se desarrolla y se va afinando cada vez que la utilizamos, aumentando así nuestro enriquecimiento interior y nuestra autoconfianza.

El camino budista

El budismo es una aproximación terapéutica que intenta vencer el sufrimiento. Buda dijo: «Cuando un hombre es herido por una flecha y quiere saber el nombre y la casta de su agresor, se pone en peligro de muerte. Yo enseño a quitarse la flecha».

En el camino hacia la liberación de todo sufrimiento, los textos budistas ponen de manifiesto la importancia de la calidad del nexo que une a un maestro con su discípulo. A fin de cuentas, es dicho nexo el que determina la comprensión y la integración de la práctica espiritual por el discípulo, como pasa entre Geumpo Lodrup y el príncipe Detcheu Sangpo. Su lazo sólido y perfecto es lo que permitió al príncipe superarse a sí mismo con el paso del tiempo y liberarse de su mal karma.

El Karma

Karma es una palabra sánscrita. Los tibetanos lo llaman *lay,* que significa «acto». Un acto puede ser cometido por el cuerpo, por la palabra o por el espíritu. El karma es una ley universal según la cual todos nuestros actos pueden causar sufrimientos o felicidad, provocando necesariamente una reacción de consecuencias análogas para nosotros mismos. Esta ley es de una justicia absoluta y representa el principio de equilibrio y de desarrollo.

La ley kármica, sin embargo, no tiene por objetivo el castigo de nadie ni su recompensa. Cada cual hace frente, totalmente solo, a las consecuencias de sus propios actos; esta ley nos hace tomar consciencia de que somos los únicos responsables de lo que nos pasa.

Los actos y sus efectos forman una cadena sin fin cuyos efectos causan, a su vez, otros efectos. Incluso los actos más insignificantes tienen repercusiones positivas o negativas para nosotros mismos y para nuestro entorno. Éstos son los que determinan la calidad y las condiciones en las que vivimos el presente y viviremos en el futuro.

Para los budistas, hay dos tipos de karma. El que hemos producido en el pasado cercano o en encarnaciones anteriores, que está listo para realizarse como acontecimientos inevitables en nuestra vida presente. Y el que vamos produciendo actualmente. Según nuestra actitud hacia nosotros mismos y hacia los demás, vamos modificando el presente, determinamos nuestro futuro y reparamos nuestro pasado. Pueden pasar varias existencias antes de que las consecuencias de nuestros actos se manifiesten.

Somos arquitectos y artesanos de nuestra propia vida. El potencial kármico llega a la madurez y se realiza en cuanto las condiciones favorables para ello se reúnen. Ello puede suceder de inmediato, en los años venideros o en futuras vidas. Una profecía del gran maestro el gurú Rinpoché (siglo VIII d. C.), cuyo nombre en sánscrito es Padmasambhava, «nacido del loto», dice que la ley kármica de causa y efecto se realiza cada vez más rápido, y un día se cumplirá en un santiamén. En la actualidad, en nuestra vida cotidiana hay muchos signos tangibles que nos indican lo que podremos recolectar según lo que hayamos sembrado con los actos del cuerpo, la palabra o la mente, tanto en sentido positivo como en negativo.

Las seis paramitas o virtudes trascendentes
Las seis virtudes trascendentes constituyen el corazón del entrenamiento en la vía del Gran Vehículo, el Mahayana. Consideradas como una sucesión, la una representa la base que permite desarrollarse a la siguiente.

Formando un todo indisoluble, son interdependientes, cada una de ellas se purifica gracias a las otras cinco. Se pueden desarrollar todas juntas, simultáneamente, en el camino hacia el Despertar.

La generosidad, el antídoto de la avaricia
- Se debe cultivar una generosidad sin apegos e incondicional.
- Dar y abandonarse o ceder su don.

Ética o conducta justa, el antídoto de la lujuria
Se trata de una sección del Noble Sendero Óctuple del budismo.
- Tener una palabra justa: no mentir, no sembrar la discordia ni fomentar la desunión, no utilizar lenguaje grosero, no parlotear irritantemente, llevar a cabo actos justos (respetando los Cinco Preceptos).
- Practicar los medios de existencia justos o una profesión justa.

141

- *La paciencia, antídoto de la ira*

Es una de las prácticas de perfección o «virtudes trascendentes» en las escuelas de budismo theravada y mahayana.

- Soportar con estoicismo la ingratitud de los demás.
- Soportar voluntariamente las dificultades, las pruebas y las privaciones en favor de la práctica espiritual.

La perseverancia, energía entusiasta, antídoto de la pereza

Es una de las cinco capacidades de control, una de las cinco fuerzas, uno de los cinco factores de la Iluminación. Es idéntica al Esfuerzo Justo del Noble Sendero Óctuple.

- Practicar esfuerzos penosos y sostenidos para superar la vía de la incapacidad.

La meditación, el antídoto de la distracción o la dispersión

Este término designa la contemplación y los diversos estados de concentración.

- Es posible escoger la propia respiración o cualquier objeto o imagen como soporte para la meditación.

La sabiduría, antídoto de la ignorancia, que es una de las tres grandes fuentes de sufrimiento

También llamada Consciencia Trascendente, la sabiduría se simboliza mediante una campana en los rituales y las imágenes espirituales budistas, y se le atribuye un aspecto femenino. Sólo una percepción aguda permite conseguir la «sabiduría trascendental» que, como su nombre indica, trasciende el propio espíritu (el yo individual) en lo que tiene de fragmentario, de binario, para permitir la perfecta comprensión de la existencia.

- Comprender la ausencia de sí mismo y el vacío de una existencia no condicionada por nada, así como la interdependencia de todos los fenómenos.

Preguntas que incitan a una reflexión personal respecto de cada una de las seis virtudes

1. ¿Qué representan para mí *la generosidad incondicional, la ética, la paciencia, la perseverancia, la meditación y la sabiduría?*
2. ¿Cómo puedo ponerlas en práctica de manera concreta?
3. Si no practico, ¿qué me lo impide?
4. ¿Cuáles son las ventajas de practicar *la generosidad incondicional, la ética, la paciencia, la perseverancia, la meditación y la sabiduría?*
5. ¿Cuáles son los inconvenientes de practicar *la generosidad incondicional, la ética, la paciencia, la perseverancia, la meditación y la sabiduría?*
6. ¿Cuáles son los posibles frutos de esta práctica?

Glosario

Acumulación de méritos

En tibetano, *sonam kyi tshogs*. Es una de las dos acumulaciones: la acumulación de méritos y la acumulación de sabiduría. Dicha acumulación permite obtener generosidad y, mediante prácticas diversas, un karma favorable. Consiste en engendrar en la mente, poco a poco, una corriente positiva que permita recolectar, más adelante, los buenos frutos de una práctica espiritual auténtica, facilitando el camino espiritual.

Avalokitesvara

Palabra sánscrita, en tibetano *Tschomdende*. Es el buda que personifica la compasión. Su práctica es muy popular en el Tíbet y en todo el mundo budista. Se representa con una o varias caras, con muchos pares de brazos, que pueden llegar a miles. Su mantra es *om mani padme hum*. Para el pueblo tibetano, el Dalái Lama es considerado como una manifestación del Avalokitesvara.

Bardo

Palabra tibetana que designa el estado intermedio entre la muerte y el siguiente renacimiento. Cuando hay un fallecimiento, los familiares invitan a los monjes para que recen oraciones especiales durante la duración del bardo, que es como máximo de 49 días, para que el difunto sea guiado hacia una reencarnación benéfica.

Bodhisattva

En tibetano *Jangchup Sempa,* que significa «héroe del espíritu del despertar». Persona que renuncia, por el bien de todos los seres sensibles, a entrar en el estado de liberación o despertar completo de un buda.

Buda

Palabra sánscrita, en tibetano *Sangye.* El que ha despertado, un ser que ha conseguido liberarse de los tres venenos: apego o deseo, odio o ira, e ignorancia, que son las fuentes de todo sufrimiento y generan mal karma.

Compasión

En sánscrito *bodhicitta.* La compasión se practica, en principio, mediante un pensamiento altruista con voluntad de despertar y mediante actividades dirigidas al despertar. Motivación y aspiración se dirigen así hacia el bien de todos los seres sensibles que sufren.

Garuda

Palabra sánscrita, en tibetano *kyung.* Pájaro mítico enemigo de las serpientes y los nagas. El Garuda tiene notable importancia en los rituales de curación contra las enfermedades provocadas por los nagas. El gurú Rimpoché nos dejó prácticas propicias de Garuda para la curación.

Geumpo Lodrup

Su nombre indio es *Nagarjuna,* que significa «el que subyuga los nagas». Gran maestro espiritual indio al que se le atribuyen numerosos textos. Los más célebres conciernen a la Vía del medio, de la que se considera iniciador. Según la leyenda, Geumpo Lodrup fue al reino de los nagas, divinidades serpentiformes, para enseñarles el dharma.

Gurú Rinpoché

En tibetano significa «el maestro precioso», y en sánscrito se dice *Padmasambhava.* Se le considera el fundador del budismo tibetano. Los tibetanos lo veneran particularmente y lo consideran un segundo Buda. Su legendaria vida es extraordinaria y constituye un edificante ejemplo para los practicantes.

Kailash

Palabra sánscrita que en tibetano se dice *Gang Rinpoché.* Es una montaña sagrada al oeste del Tíbet, lugar de peregrinaje para los budistas, hinduistas, jainistas y practicantes del bön.

Karma

Palabra sánscrita que define el acto o acción, que aquí debe considerarse en el contexto dinámico de la ley de causa y efecto. Todo acto, físico, verbal o mental, comporta una consecuencia: positiva, negativa o neutra. Se podría hablar de un proceso de acumulaciones de causas que, con las condiciones adecuadas –inmediatas o ulteriores–, dan un fruto, una consecuencia.

Kyung
Véase Garuda.

Lama
Palabra tibetana que significa *Guru* en sánscrito. Significa maestro espiritual. En el mahayana, el lama se asimila al bodhisattva iluminado que ayuda a sus semejantes a seguir la vía.

Lhassa
Nombre de la capital del Tíbet, que se puede escribir con una o dos eses. Traducido fielmente del tibetano, significa «Tierra de los Dioses».

Mahayana
Palabra sánscrita que en tibetano se dice *thegpa chempo* y significa «gran vehículo». Este término designa el conjunto de enseñanzas budistas que proclaman el ideal del bodhisattva y de la compasión universal.

Mantra
Palabra sánscrita que en tibetano se dice *ngak*. Se forma a base de sílabas de curación y energía. El mantra más recitado es este de seis sílabas: *Om mani padme hum*.

Naga
Palabra sánscrita, en tibetano se dice *lou*. Son seres que reinan en el mundo subterráneo, las aguas, y controlan el clima y la lluvia. Su forma habitual es la de serpiente, pero se dice que pueden asumir una morfología humana e interferir en el mundo de los humanos. En ocasiones amigables, en ocasio-

nes vengativos, son siempre susceptibles y capaces de causar enfermedades a aquellos que los provoquen perturbando el medio acuático o el subterráneo. Tienen una gran importancia en medicina tibetana.

Nagarjuna
Véase Geumpo Lodrup.

Noble Sendero Óctuple
Vasto conjunto de ocho prácticas que deben llevarse a cabo simultáneamente: comprensión justa, pensamiento justo, palabra justa, acto justo, medios de existencia justos, esfuerzo justo, atención justa y concentración justa. Estas prácticas, llevadas a cabo cotidianamente, permiten comprender las causas del sufrimiento y ponerles remedio.

Nyingdjay
Palabra tibetana que expresa una profunda compasión frente a un ser que sufre.

Om mani padme hum
Es el corto mantra de Avalokitesvara que el pueblo tibetano recita muy a menudo. Está escrito o grabado sobre las piedras, se coloca en los molinillos de oración para superar el sufrimiento y ayudar a todos los seres sensibles.

Paramitas o virtudes trascendentes
En tibetano es *pharoltu tschinpa.* Conjunto de seis prácticas, seis virtudes o seis perfecciones: generosidad, paciencia, energía, concentración y conocimiento. Estos paramitas englo-

ban, además, el entrenamiento de la mente para el despertar a la bodhicitta o compasión.

Rosario tibetano
En sánscrito *mala,* que dispone de 108 perlas. Suele utilizarse para contar los mantras. La cifra de 108 hace referencia al mismo número de textos que tiene el budismo. Se sostiene con la mano izquierda y, si es posible, al nivel del corazón.

Sándalo
Árbol que crece en la India, entre otros sitios, que produce una madera dotada de un perfume muy agradable y duradero.

Sho
Palabra tibetana. Es un juego tradicional del Tíbet que se juega durante horas entre dos, tres o cuatro jugadores.

Silwaytsel
Palabra tibetana que significa «jardín que da frescura». Probablemente se trate de un lugar de la India, en el estado de Bihar, cerca de Nalanda, donde el pueblo indio deposita sus muertos para que los incineren o entierren.

Tara verde
Diosa que simboliza la compasión que actúa con la rapidez del rayo. Sus piernas están en postura bodhisattva. La pierna izquierda representa la renuncia a las pasiones, la pierda derecha —semidoblada— muestra que se está a punto de acudir en socorro de los demás. El pueblo tibetano la considera madre

de todos los budas e incluso la «perfección del conocimiento» (prajnaparamita). Su mantra es: *om taré tuttaré soha.*

Té con manteca salada

Es la bebida nacional tibetana, muy reconfortante, parecida a un caldo más que a un té. Se hace con hojas secas de té negro, agua hirviendo, leche, sal y manteca.

Tsampa

Harina de cebada tostada y finamente molida que constituye el plato tradicional tibetano, se consume con té de manteca o incorporándola al yogur, por ejemplo.

Tschang

Bebida fermentada a base de cebada, elaborada con un procedimiento similar al de la cerveza, con poco alcohol y muy apreciada por los tibetanos.

Velos interiores oscurecedores

Hay dos categorías principales, llamadas, a su vez, «los dos velos», que ocultan la naturaleza de buda en todo ser animado y le impiden conseguir la liberación y el despertar. Se trata del oscurecimiento de las pasiones que obstaculizan la liberación, y del oscurecimiento cognitivo que obstaculiza la omnisciencia y, por tanto, el pleno despertar de un buda.

Yak

Bovino tibetano que abastece de alimento y herramientas al pueblo tibetano. La hembra se denomina *dri.*

Este glosario sirve para la comprensión de los cuentos. No tiene intención de ser un texto de erudición. Aconsejo a los lectores curiosos profundizar en los temas a los que hace referencia este vocabulario, consultando las siguientes obras:

CORNU, P.: *Diccionario Akal del Budismo* (Francisco López trad.), Akal, 2004.

GROSREY, A.: *Le Grand Livre du Boudhisme*, Albin Michel, 2007.

DESHAYES, L.: *Lexique du Boudhisme Tibétain*, Éditions Dzambala, 1999.

SÈNGUÉ, T.: *Petite Encyclopédie des Divinités et Symboles du Boudhisme Tibétain*, Claire Lumière, 2002.

Bibliografía

Ésta es una breve bibliografía para lectores curiosos que quieran seguir y profundizar en el vasto dominio de la exploración de la cultura y del budismo tibetanos.

Su Santidad el Dalái Lama: *La vie, la mort, la renaissance, le livre du Dalaï-Lama*. Éditions Pocket, 1997.
—: *Le pouvoir de l'esprit*. Librairie Arthème Fayard, 2000.
—: *Au loin la liberté. Mémoires*. Editions, Le livre de poche, 2008.
—: *L'art du bonheur*. Éditions J'ai lu, 2008.

Busquet, C.: *La sagesse du cœur. Le Dalaï-Lama par lui-même*. Seuil, 2010.
Cornu, P.: *Dictionnaire encyclopédique du Bouddhisme*. Seuil, 2001 (1.ª ed.) y 2006 (2.ª ed. revisada). (Trad. cas.: *Diccionario Akal del Budismo*. Akal, 2004).
Das, S.: *Contes Tibétains*. Le Courrier du Livre, 1999.
Deshayes, L.: *Lexique du bouddhisme tibétain*. Éditions Dzambala, 1999.

DROIT, R.-P.: *Le culte du néant. Les philosophes et le Bouddha.* Seuil, 2004.

FÖLLMI, O. y D.: *Himalaya bouddhiste.* Éditions de la Martinière, 2008.

GYATSO, T.: XIVe Dalaï-Lama, *Comme un éclair déchire la nuit.* Albin Michel, 1998.

GROSREY, A.: *Le Grand Livre du Bouddhisme.* Albin Michel, 2007.

KHANGKAR, D. y LAMOTHE, M.-J.: *Médecin du toit du monde.* Éditions du Rocher, 1997.

KHYABJE DILGO, K.: *Le trésor du cœur des êtres éveillés.* Seuil, 1996.

LENOIR, F.: *La rencontre du bouddhisme et de l'occident.* Albin Michel, 2011.

LORMIER, D.: *Histoires extraordinaires du bouddhisme tibétain.* Infolio éditions, 2006.

MIDAL, F.: *L'essentiel de la sagesse tibétaine.* Presses du Châtelet, 2006.

NÂGÂRJUNA: *Traité du Milieu,* traduit par Georges Driessens, Seuil Points/Sagesses, París, 1995.

—: *Conseils au roi (La Guirlande précieuse de conseils au roi),* traducido por Georges Driessens, Seuil Points/Sagesses, París, 2000.

ODELYS, B.: *Dharamsala, Chroniques Tibétaines.* Albin Michel, 2003.

RICARD, M.: *L'art de la méditation. Pourquoi méditer? sur quoi? comment?* Éditions Nil, 2008. (Trad. cast.: *El arte de la meditación,* Urano, 2009).

—: *Chemins spirituels. Petite anthologie des plus beaux textes tibétains.* Éditions Nil, 2010.

—: *Plaidoyer pour le bonheur.* Éditions Nil, 2003.

—: *L'esprit du Tibet. La vie du maître Dilgo Khyentsé Rinpoché.* Éditions de la Martinière, 2009.

RIMPOTCHÉ, B.: *Tara, le divin au féminin.* Claire Lumière, 1997.

RINPOCHÉ, T.: *La vie merveilleuse de Réchoungpa, le disciple rebelle de Milarépa.* Claire Lumière, 2003.

SÈNGUÉ, T.: *Petite encyclopédie des divinités et symboles du bouddhisme tibétain.* Claire Lumière, 2002.

THONDUP, T.: *L'infini pouvoir de guérison de l'esprit selon le bouddhisme tibétain.* Le Courrier du Livre, 1997.(Trad. cast.: *El poder curativo de la mente.* Folio, 2000).

Biografía de Tenzin Wangmo

Nacida en la India en 1962, Tenzin Wangmo fue educada por sus padres en la tradición del budismo tibetano. Creció en Alemania y vive en Suiza desde 1974. Acabados sus estudios en pedagogía con éxito, estuvo dando clases en una escuela de enseñanza secundaria en la Suiza alemana. Políglota, Tenzin Wangmo es actualmente máster *coach* especializada en integración, formación de adultos y consejera de organización para grandes cambios. En tanto que profesional independiente, ofrece sus prestaciones a empresas, instituciones y particulares.

Conferenciante y cuentacuentos tibetana, sus intervenciones son apreciadas por un importante público tanto profesional como privado.

Desde los 18 años, Tenzin Wangmo está activamente comprometida con su país y su pueblo, particularmente con dos pueblos de niños huérfanos en el Tíbet. Paralelamente, sigue las enseñanzas de los grandes maestros tibetanos en Europa y en la India.

Asociaciones amigas

Llamada para el apoyo socioeducativo de niños desfavorecidos.

1. Asociación KARUNA
   www.karuna-schechen.org

Fundada en el año 2000 por Matthieu Ricard, tiene por ideal la compasión (karuna) a través de la acción. Karuna-Schechen inicia y gestiona proyectos especializados en la prestación de cuidados sanitarios primarios y de servicios educativos y sociales en las poblaciones más desfavorecidas de la India, Nepal y el Tíbet.

2. Pueblos de niños TADRA
   www.tadra.ch

El Proyecto TADRA fue fundado por tibetanos residentes en Alemania y en Suiza y proporciona una ayuda social y educativa completa a los niños huérfanos del este del Tíbet. Se han construido dos pueblos de niños en las antiguas provincias tibetanas del Kham y del Amdo, gestionados por tibetanos locales en la misma línea de los pueblos Pestalozzi.

Descubre el arte budista en Gruyères

En abril de 2009, la Fundación Alain Bordier abrió las puertas del Tibet Museum, en el corazón de la ciudad medieval de Gruyères. El museo presenta una destacada colección de esculturas, pinturas y objetos rituales budistas.

Alain Bordier reunió cuidadosamente esta colección que cuenta con unos trescientos objetos originarios del Tíbet en su mayor parte. Hay esculturas de metal que provienen de regiones limítrofes, también budistas, como Nepal, Cachemira, el norte de la India o Birmania.

Esta colección, de una excepcional belleza, puede descubrirse y admirarse desde el respeto, en el seno de la renovada capilla de San José.

Información

Tibet Museum
Fundación Alain Bordier
Rue du Chateau, 4
1663 Gruyères.

Telf +41 (0)26 921 30 10
Fax +41 (0) 26 921 30 09
info@tibetmuseum.che
www.tibetmuseum.ch

Índice